Souvenirs du Marcheur Gallot

Collection A.-L. GUYOT, 51, Rue Monsieur-le-Prince, PARIS

20 Centimes — Algérie, Colonies et Étranger : 25 Centimes —

SOUVENIRS

DU CÉLÈBRE

MARCHEUR GALLOT

Le Roi des Marcheurs

PREMIÈRE PARTIE

PARIS
Collection A.-L. GUYOT
51, rue Monsieur-le-Prince, 51

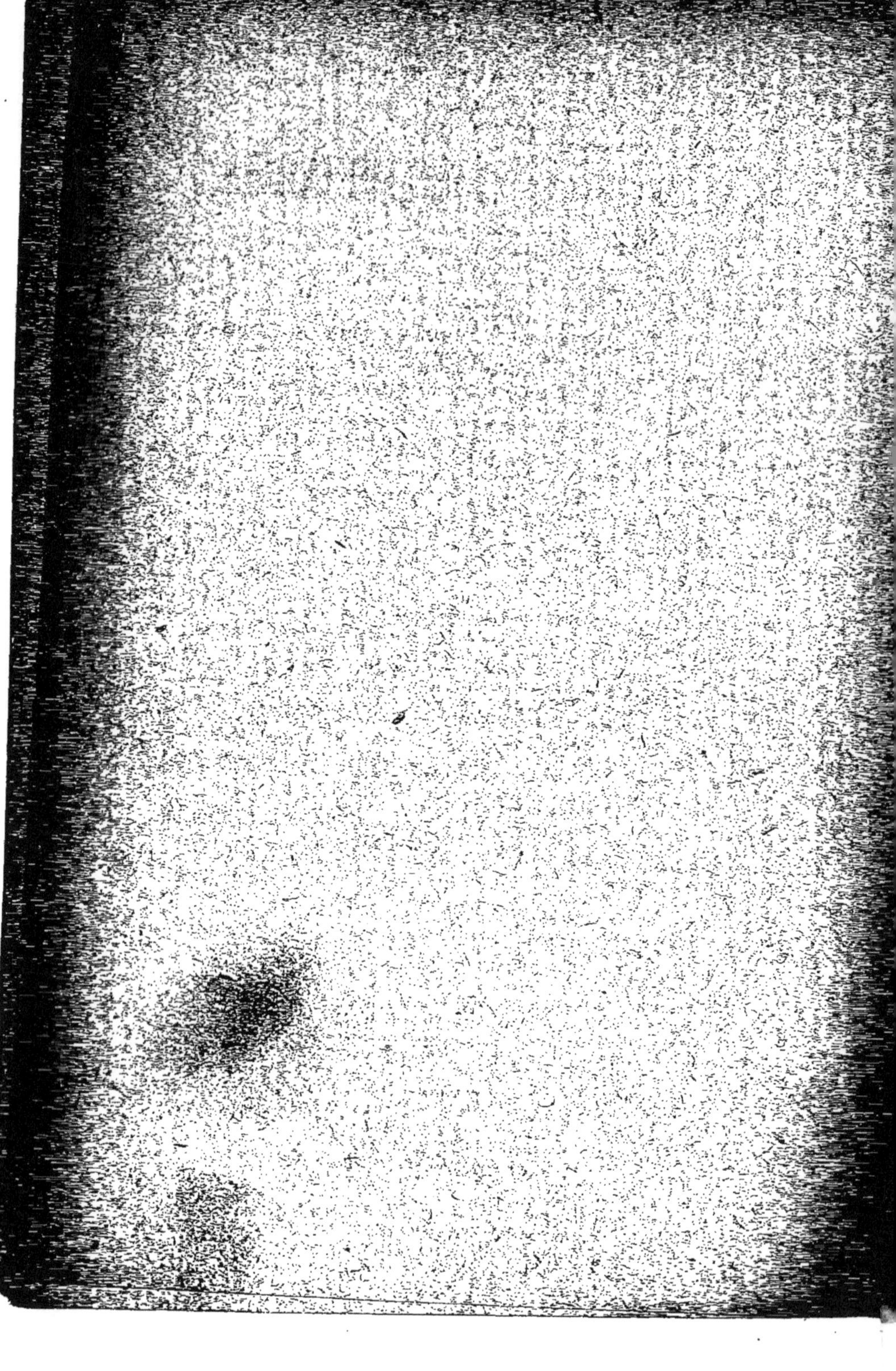

OBSERVATIONS PRÉLIMINAIRES

Si j'ai eu l'idée de publier mes souvenirs d'un marcheur, c'est parce que dans ma longue carrière j'ai beaucoup vu et surtout énormément observé.

J'avais collectionné de nombreuses notes, quasi quotidiennes. Un beau jour, il me vint à l'idée de relire celles que je n'avais pas égarées et que j'avais pu conserver au milieu de mes nombreuses et incessantes pérégrinations.

En les parcourant, j'y retrouvai des faits curieux, des anecdotes intéressantes et il me parut bon de ne pas les conserver exclusivement pour moi, car je ne suis pas un égoïste. Je me résolus donc à les livrer à la publicité dans toute leur simplicité, sans chercher à les amplifier ou à les exagérer en me mettant en frais d'imagination pour leur donner une tournure romanesque.

D'ailleurs, les faits que je relate dans ce volume ont assez — du moins d'après mon sentiment — d'attrait par eux-mêmes, sans qu'il soit besoin de les augmenter. D'autre part, je crois qu'ils perdraient beaucoup de leur saveur si, sous le prétexte de les développer, on les dénaturait.

Ils n'auraient plus ainsi leur caractère propre, leur originalité personnelle. Chacun d'eux, ou du moins la plupart, pourrait servir de thème à une nouvelle particulière, et quelques-uns même suffiraient pour fournir le canevas d'un roman.

Mais, ainsi que je l'ai dit précédemment, j'ai tenu à les narrer sans emphase, tels que je les ai vus ou qu'ils m'ont été racontés par des témoins oculaires.

C'est ce qui fait que ce modeste volume contiendra beaucoup de choses en peu de pages et j'ai l'intime conviction que, alors que le lecteur aura commencé la lecture des premières pages, il y éprouvera un intérêt suffisamment vif pour la continuer jusqu'au bout et ne s'arrêter qu'au mot : Fin.

Avant de clore ces quelques observations préliminaires que j'ai jugées nécessaires pour exposer à mes lecteurs dans quel esprit j'ai conçu mon œuvre, je leur dois déclarer qu'ils n'y trouveront au point de vue littéraire, aucune recherche, aucun apprêt.

Je n'ai pas la prétention d'être un écrivain de haute envergure. En littérature, je suis un simpliste. Je ne connais pas les secrets du style académique ; par conséquent, je ne recherche pas les grandes périodes à effet. J'écris comme je parle, c'est-à-dire nettement mais simplement.

Je compte donc non sur mon art d'écrire, mais sur l'intérêt des faits que je rapporte pour donner aux « Souvenirs du Marcheur Gallot » les qualités qui doivent faire son succès auprès de ceux qui en feront la lecture. J'ose espérer qu'ils y trouveront même des choses instructives qui augmenteront la somme de leurs connaissances antérieurement acquises et qu'ils seront satisfaits d'en avoir pris connaissance.

Je devais aux lecteurs ces quelques explications. Je ne les étendrai pas davantage et je les termine en remerciant bien sincèrement toutes les personnes qui voudront bien lire les feuillets de souvenirs que je livre aujourd'hui au vent de la publicité.

Ces quelques observations préliminaires étaient nécessaires, je les avais écrites n'ayant pas songé à me faire rédiger une préface. Je préférais, en effet, rester entièrement moi-même et ne pas me faire ensencer par qui que ce fut. Toutefois, j'ai reçu d'un ami, journaliste, dont j'ai fait la connaissance à Rouen, une lettre telle que je ne puis résister au désir de la publier à la suite de mes observations, car elle me paraît les compléter utilement pour l'intelligence de mon livre et combler quelques lacunes auxquelles, je l'avoue bien sincèrement, je n'avais pas même songé.

J'espère que mes lecteurs me sauront gré de la leur avoir fait connaître. Elle répond à quelques objections qui se seraient élevées dans leur esprit et les éclaire sur la façon rapide dont j'ai traité certains faits qui semblent nécessiter un plus grand développement, ou qui avaient besoin d'être expliqués pour ne pas avoir l'air d'anomalies.

Sur ce, je laisse la parole à l'ami précité avant d'entreprendre le récit de mon voyage en Amérique, dont j'ai rapporté tant de faits curieux et intéressants et d'inoubliables souvenirs.

Y.-L. GALLOT.

UNE LETTRE

EN GUISE DE PRÉFACE

A MON AMI GALLOT,

Vous avez bien voulu, mon cher ami, me charger d'écrire quelques lignes pour servir d'introduction à vos « Souvenirs du Marcheur Gallot ». Toutefois, je ne vous ferai pas de préface et me bornerai à une simple lettre que je vous autorise à publier en tête de votre ouvrage.

Je vous remercie tout d'abord de cette preuve de votre confiance en ma sincère amitié et je vous dirai tout de suite, sans préambule, ce que je pense et que je résumerai en trois mots. La publication de vos souvenirs est UNE ŒUVRE UTILE.

En librairie, l'éditeur recherche non seulement ce qui peut contenir des renseignements profitables pour les lecteurs, le moyen d'augmenter la somme de leurs connaissances, mais surtout ce qui présente un intérêt tel que dès qu'un d'entre eux a lu entièrement le volume, il le recommande, il en conseille l'achat à ses amis en leur faisant part du plaisir qu'il a éprouvé à sa lecture.

Cela devient alors ce qu'on appelle un succès de librairie. « *Beatus qui scit miscere utile dulci* ». Bienheureux celui qui sait mêler l'utile à l'agréable, a dit le poète latin.

Eh bien ! c'est ce que vous avez su faire, mon cher ami, dans votre intéressant volume.

Je l'ai lu du premier au dernier feuillet et je n'hésiterai pas à dire qu'il m'a instruit, charmé, et que surtout ce qui m'a le plus séduit, c'est sa forme simple et sans recherche.

Vos souvenirs constituent un document vécu. C'est ce que l'on désire à l'heure actuelle. On sent, quand vous racontez une anecdote, qu'elle est vraie ; quand vous citez un fait qu'il est exact, car votre style que vous prétendez *naïf*, a du moins le mérite de traduire les accents d'une complète vérité.

J'ai l'intime conviction que votre œuvre est appelée à un très grand avenir, car elle possède toutes les qualités qui en sont les éléments premiers : Vérité, sincérité, simplicité.

Il va sans dire que je m'en vais après ces éloges sincères, non pas vous adresser des critiques, bien que connaissant votre modestie je sache que votre amour-propre d'auteur ne s'en trouverait nullement offensé, surtout venant de ma part, mais vous signaler quelques remarques que vos lecteurs ne manqueraient pas de se faire en eux-mêmes. Elles seraient, certes, fondées si vous n'aviez le soin prudent de les prévenir en exposant les raisons qui vous ont engagé à écrire votre ouvrage tel que vous l'avez fait éditer.

On pourrait vous reprocher tout d'abord la brièveté de certains récits qui eussent certes gagné à être développés. A cela, vous m'avez répondu d'une façon péremptoire.

— Je le sais bien ! Mais que voulez-vous, j'ai bien été contraint d'écourter mes récits puisque même j'ai été obligé d'en supprimer d'excessivement intéressants mais que le défaut d'espace m'empêche de publier en un volume forcément restreint malgré son apparente étendue.

Devant cette raison précise, j'ai dû m'incliner. Elle était juste et vraie et j'ai compris tout ce que renfermait de promesses votre mot « plus tard pourra-t-on peut-être faire plusieurs volumes, et alors....

Cela voulait assurément dire : Je vous donnerai des renseignements inédits et vous narrerais une série d'anecdotes et de faits que le manque d'espace me contraint à garder en réserve.

Je ne doute pas que ce serait une bonne fortune pour vos lecteurs qui, séduits par votre premier volume, n'hésiteraient pas à acquérir ceux que vous pourrez publier par la suite.

La seconde remarque que je vous faisais, consistait en l'anomalie qui paraît résulter des mœurs de la vie indienne que vous dépeignez avec la conversion des Indiens au Christianisme qu'ils ont embrassé avec ferveur.

A cette objection vous m'avez encore répondu d'une façon péremptoire en me dépeignant, sous les plus chaudes couleurs, le tempérament vrai des derniers descendants de ces jadis grandes et puissantes tribus qui peuplaient les vastes territoires de l'Amérique.

Si je m'en souviens bien, vous m'avez dit, en substance, ceci :

— L'Indien, par l'essence même de sa nature, est porté au myticisme. Tout ce qui paraît posséder un caractère secret le charme, le séduit. Il adore, comme les anciens habitants du globe, toutes les forces dont les sciences ne lui ont pas révélé les origines. Il concrétise l'abstrait en le divinisant. Il est reconnaissant envers le soleil, dont la chaleur féconde vivifie la terre et lui donne sa puissance de fertilité et de production.

Le Christianisme avec ses mystères l'a subjugué, mais seulement en partie, car il n'a pu déraciner en son âme les vieilles et antiques traditions des aïeux.

Ils possèdent donc une doctrine mitigée dans laquelle ils ont fondu, mêlé, amagalmé toutes les douces superstitions de leurs croyances passées.

Les missionnaires l'ont très bien compris et après de multiples, mais infructueuses tentatives pour essayer de déraciner des..... ce qu'ils considèrent comme des erreurs, ils ont laissé les Indiens suivre leurs coutumes religieuses d'antan et se sont bornés à y adjoindre les dogmes principaux du culte nouveau.

Ils ont bien fait, car sans cette concession absolument indispensable, jamais ils n'eussent pu implanter la foi chrétienne, jamais trouvé un seul Indien qui consentit à devenir leur prosélyte.

Voilà pourquoi ce qui peut paraître bizarre en Europe semble au contraire tout naturel à celui qui a été en contact avec les Indiens et comme moi a vécu de leur vie.

Devant cette explication si nette et si sensée, je me suis incliné, mais je crois qu'il est indispensable que vous la fournissiez à vos lecteurs pour qu'ils comprennent l'apparence d'anomalie que je vous avais indiquée.

S'il vous en souvient, je vous disais encore :

— Mais, mon cher ami, vous n'avez pas toujours exactement suivi l'itinéraire de votre marche à travers les régions américaines que vous avez explorées.

Et vous m'avez fourni l'argument suivant qu'il vous faudra de même exposer à vos lecteurs.

— Votre réflexion est juste ou du moins le serait si j'eusse voulu faire une œuvre essentiellement didactique. Au contraire, j'ai voulu écrire un ouvrage pittoresque et coloré. Si j'eusse suivi l'ordre chronologique de mes excursions, je n'eusse pas atteint mon but.

La classification sèche et froide qui vous paramanquer eût entravé la marche des récits, ralenti l'intérêt en le subdivisant et en empêchant ainsi le groupement de faits ayant entre eux une certaine connexité.

« Pris isolément, ils n'auraient qu'un attrait restreint ; rapprochés, soudés pour ainsi dire ensemble, ils se complètent et forment un tout qui augmente leur intérêt. »

Après ces explications, j'ai dû me déclarer satisfait. Il eut, certes, fallu être bien difficile pour ne l'être pas, mais comme il était bon que je fusse pas le seul à les connaître, à nouveau je vous engage à les répéter à vos lecteurs.

Si vous croyez qu'il suffira pour cela de reproduire cette lettre, je vous laisse libre d'en décider et n'ayant plus autre chose à vous dire, je termine en vous serrant la main.

Ex imo corde.

A. P.

Souvenirs du Célèbre Marcheur Gallot

LE ROI DES MARCHEURS

I

SOUVENIRS DU MARCHEUR GALLOT

Enfant martyr. — Fuite du domicile paternel. — Au Hâvre. — Le marchand d'hommes. — A bord du « Geylan ». *— Aménités allemandes. — Les noirs projets d'un cuisinier. — Partie remise. — La baie de Delaware. — Ténèbres. — La cambuse. — Une chute effrayante. — Exercice de tir. — Les bienfaits de la natation. — Effet de nuit. — Décor infernal. — En route pour la Liberté. — New-York. — Un compatriote. — Douce émotion.*

Pourquoi et comment suis-je devenu le marcheur Gallot. C'est ce qui me paraît indispensable d'expliquer au début de cet ouvrage. On verra à quoi tiennent les destinées d'un enfant, et comment dès ses premières années l'influence de la famille décide de son avenir. Certes, mon enfance ne fut pas heureuse. Mes parents avaient sur l'éducation des idées particulières.

Ils me donnèrent un plus grand nombre de mauvais coups qu'ils ne présentèrent à mon appétit de bons morceaux. J'appris à lire, le poing sous le nez, à écrire, la canne sur l'échine.... Quant aux quatre règles, je n'en parle pas. Pour la moindre peccadille, j'étais garotté, ligotté, battu comme plâtre. Je cherchais à me sauver de temps à autre, mais rattrapé bien vite, j'expiais durement ces absences.

Mon frère aîné qui, pas beaucoup mieux traité que moi, m'exhortait à la patience, se décida à quitter cet enfer en s'engageant dès les premiers temps de la guerre. Incorporé à l'armée de la Loire, il eût une jambe emportée à la bataille du Mans, et en mourut, le pauvre cher aimé. J'avais sept ans, alors, — sept ans et neuf mois pour être exact, car je suis né le 30 avril 1863, à Paris, rue Pigalle.

Après, nous allâmes habiter rue de Crébillon. Je m'en souviens d'autant mieux que pendant un laps de temps que je ne saurais déterminer, je fus séquestré dans une mansarde. Les années passaient, et mon sort ne s'améliorait pas. Je travaillais cependant, j'apportais de l'argent à la maison; il y était mieux reçu que moi. Il me souvient d'un jour où ayant, je m'en accuse, dérobé quelques pruneaux, je fus, pour ce fait, lié aux pieds et aux mains et, cela se passait en hiver, couché tout nu, pendant une heure, sur une table de marbre. Il m'est impossible de dépeindre mon horrible souffrance. Et cependant je demeurai stoïque et la subis sans proférer aucune plainte. J'étais trop jeune pour oser me défendre.

A dix-sept ans, je n'y tins plus. Une goutte d'eau, née d'un supplice, moins raffiné, peut-être, mais plus outrageant pour ma dignité d'homme naissant à la vie, fit déborder la coupe de mes amertumes. Mon père me giffla, sans raison, devant un groupe d'amis. Je n'osai pas faire voir mon ressentiment tant était grand mon respect pour l'autorité paternelle. Mais, je compris qu'une telle existence devait avoir une fin. Je cherchais comment, sur ces entrefaites, un de mes camarades se trouvait dans le même cas, ou à peu près, me fit part de son projet de partir, sans esprit de retour.

J'entrai sans hésitation dans ses vues. Je fis, mentalement, mes adieux à mes parents, auxquels je n'en ai jamais voulu; et côte à côte, avec l'ami Paul Prignet, nous primes, avec l'intention de mettre l'Océan Atlantique entre nos familles et nous, le chemin du Hâvre, *pedibus cum jambis*, cela va sans dire. Pour aller plus vite, nous nous défiâmes à la marche. Ce fut mon premier match... Paul Prignet arriva second.

Comme on pense, nous parvînmes à destination en assez piteux état. Nous n'avions pour toute fortune que trente centimes. Aussi, ne nous attardâmes nous point aux curiosités de la ville. Nous n'avions qu'une idée, qu'un désir: nous embarquer de suite.

Mais, comment s'embarquer ?

Naïvement, nous demandâmes à un matelot qui, sur un quai, s'apprêtait à monter à son bord, s'il voulait nous emmener à Porto-Rico où son bâtiment devait se rendre, suivant un écriteau vert accroché à ses cordages.

Ce brave marin, qui baragouinait un mauvais français, nous apprit que la carrière maritime n'était pas d'aussi facile accès que nous le pensions, mais il voulut bien nous indiquer une officine, ou plutôt un bureau de placement, où nous aurions chance d'être embauchés. Nous nous rendîmes donc rue de l'Arsenal, toute voisine, où nous trouvâmes, sans difficulté, la boutique crasseuse où notre sort allait se décider. Elle portait cette enseigne : « Sailors home ». Un suédois, long comme une gaule, nous y reçut. C'était le maître du logis, le traitant, le marchand d'hommes et même de moussaillons, comme nous. Il nous toisa dédaigneusement, regarda nos mains, qui ne connaissaient ni le câble, ni la poix, et murmura, en haussant les épaules.

— Des Parisiens encore !

Cependant, un navire prêt à mettre à la voile, complétait la menue monnaie de son personnel. Nous ne nous inquiétâmes ni de son nom, ni de sa nationalité, ni de sa destination. Une pièce de cent sous, montrée à propos, mit trêve à toute hésitation. Nous la dépensâmes royalement dans un bar du quai Notre-Dame, et, le soir même, nous appareillions à bord du trois mâts le *Ceylan*. Que ce départ nous parut beau. Nous quittions enfin la terre où nous avions tant souffert. L'avenir s'ouvrait devant nous. Il me parut immense comme cette vaste mer, dont les senteurs m'enivraient. Mais, à ce départ si plein de promesses ne devait pas tarder à succéder l'heure fatale des tristes déceptions, des désillusions cruelles, en effet, je devais bientôt m'apercevoir que j'étais tombé de Charybde en Scylla. A peine sorti du port, requis pour une manœuvre assez difficile, et dont je ne m'étais cependant pas mal tiré, — il s'agissait de larguer le cacatois, — je reçus pour prix de ma peine, en plein visage, un coup de poing, qui me rappela mes premières leçons de lecture. Les mots dont la brute qui me l'octroyait l'acompagna fut un trait de lumière : *Couchon franzos !...* Nous étions tombés en plein navire, en plein équipage allemands.

Pour aller plus vite, nous nous défiâmes à la marche

Hors de l'atteinte de la justice française, le capitaine, le second, les hommes du bord, nous considérèrent avec le plus profond mépris. A la moindre négligence, au plus minime accroc dans l'exécution d'un commandement, les coups pleuvaient drûs comme grêle, et, le plus souvent, en temps calme, alors que le navire voguait tout seul, sans aide, ni manœuvre, la garcette, pour infraction au règlement intérieur, ou même sans aucun motif, remplaçait le souper, avec pour perspective, pendant la nuit, la barre de justice qui, — vraiment on l'aurait dit, — m'ouvrait d'elle-même ses maillons, où mes jambes étaient prises comme dans un étau.

Bientôt, ces mauvais traitements ne suffirent plus. La traversée longue, accablante, tirait à sa fin, et le temps était venu pour nos bourreaux de se débarrasser de nous afin de n'avoir pas à nous payer, en arrivant à terre, notre prime d'embarquement, bien légère pourtant. Nous étions à notre 55ᵉ jour, et j'entendis notre maître queux, un noir d'Oran, qui, en parlé petit nègre, se faisait fort, auprès de ses maîtres teutons, de nous jeter par-dessus bord, aussitôt le soir venu.

— I quà veni, nous què jeté mé.

Ce qui signifie.

— Ils sont venus, nous allons les jeter à la mer ! disait-il.

Par bonheur, à ce moment, un point noir parut à l'horizon. Bientôt un léger panache s'en échappa. Il grandissait à vue d'œil, et, venant droit à nous, m'apparaissait comme une de ces hirondelles de mer qui, aux yeux des navigateurs, symbolisent la fin des épreuves et des rigueurs de la mer.

Mon sentiment ne me trompait pas. Ce bateau avait à son bord un pilote qui venait audevant de nous, pour nous conduire à Philadelphie, — nous n'avions jamais su que nous allions en Amérique. Or, on n'ignore pas que le pilote devient le maître d'un navire en y mettant le pied. Nous étions donc sauvés, pensions-nous, et, en effet, il ne fut rien tenté contre nous tant qu'il fut sur le *Ceylan*. Mais, ce fut autre chose quand nous arrivâmes dans la baie de Delaware, où il nous quitta. La noyade nous était, il est vrai, épargnée, parce que nous étions près de terre, et que de nombreux bâtiments naviguaient à proximité. Mais un plan bien autrement dangereux fut à ce moment ourdi contre nous. Le nègre, en nous désignant, se tordait de rire au milieu des matelots, et ceux-ci riaient avec lui. Il s'agissait, comme nous le comprîmes aux gestes qui accompagnaient cette pantomime, de nous mettre aux fers avant l'arrivée au port et de nous y maintenir jusqu'au départ de Philadelphie. Après, on aurait tout le loisir de nous faire boire à la grande tasse.

— Diable ! diable, ça sent mauvais, me dit Paul, qui était dans une hune avec moi.

Je pensais de même, mais ayant réfléchi un moment, je dis à mon camarade :

— Ecoute ! Tout n'est pas perdu si tu me secondes bien. L'audace seule peut nous sauver ; et, en tout cas, s'il faut mourir, nous mourrons après avoir vendu chèrement notre vie. J'ai une idée. C'est de ce moricaud que nous vient tout le mal, c'est de lui, et de lui seul, dont il faut nous occuper. Pour se cacher des gens, le mieux est de rester près d'eux pendant qu'ils vous cherchent autre part. Quant il n'est pas avec les autres, comme maintenant, le maître queux ne quitte guère sa cambuse. Tu la connais. Elle est remplie de boîtes de conserves vides ou pleines, entassées en murailles, séparées les unes des autres par des couloirs étroits. Tu vas descendre le premier. Tu te blottiras dans une de ces fentes. Je t'y rejoindrai bientôt, — et à la grâce de Dieu !

En quelques instants, Paul fut sur le pont, et malgré l'obscurité résultant surtout d'une forte brume qui entourait le navire, je pus le suivre des yeux, et le voir, après s'être faufilé le long des bastingages, disparaître dans le magasin du cambusier.

Je descendis alors, à mon tour, et après m'être assuré que les officiers étaient à dîner au carré ; je me précipitai dans la cabine du capitaine, où je m'emparai promptement d'un revolver, que je savais être dans le tiroir d'un petit meuble de toilette, ainsi que de deux solides poignards, à deux tranchants bien affilés, qui se prêtaient merveilleusement au projet par moi conçu.

Muni de ces armes, je rejoignis, en toute hâte, mon compagnon, que j'eus quelque peine à trouver, tant il était dissimulé dans les anfractuosités de son palais de fer blanc. Je me glissai auprès de lui et, à voix basse, lui dis brièvement :

— Si le nègre est seul, — pas d'hésitation, nous le tuons. S'il est avec des matelots, nous profitons du moment où cette intéressante compagnie se sera mise à notre recherche; nous allons droit à l'embarcation de sauvetage, — tu sais, celle sur le côté, toujours prête à prendre la mer, — nous nous y élançons; nous coupons les cordes... et, si nous avons pour deux liards de chance, nous saluerons, à l'aube, la terre libre d'Amérique.....

Un bruit de voix me coupa la parole. C'était le nègre. Il était en société de deux matelots, comme je l'avais prévu. Tous trois s'attablèrent à deux pas de nous, et burent à l'affilée plusieurs rasades d'un wiskey généreux. Mais cela, paraît-il, ne leur suffit pas, bientôt ils convertirent le wiskey en punch énorme dont les reflets éclairèrent d'une lueur satanique le réduit où nous nous trouvions.

La conversation entre les trois gredins était très animée, sans aucun doute c'était nous qui en faisions les frais. Quand les têtes furent suffisamment échauffées par la fumée de l'alcool, le maître queux jugea le moment propice pour procéder à la réalisation de son plan. Ayant ouvert la porte de sa cambuse, il fit signe à ses compagnons de le suivre. Retenant notre respiration, marchant en équilibristes délicats et déployant toute notre souplesse, pour ne pas renverser nos murailles branlantes, nous finîmes par atteindre une issue et sortîmes sur le pont. Les ténèbres en ce moment étaient complètes. Une brume glaciale nous enveloppait de toutes parts. Nous ne voyions pas à un pas devant nous. Pendant quelques instants, nous perdîmes presque complètement la notion de la direction qu'il nous fallait prendre pour gagner le bateau de sauvetage. Nous y parvînmes cependant, à tâtons, après des efforts inouis. En un rétablissement et un tour de jambe, nous nous y trouvâmes... Il était juste temps. Déjà un grand bruit montait de l'entrepont ; des allées et venues s'y faisaient entendre; on y courait; c'était certain, on y furetait; on y perquisitionnait dans tous les coins et recoins. Je sentais l'imminence du danger. Cependant je ne me laissai pas envahir par l'épouvante. Bien au contraire, le péril si proche me rendit tout mon sang-froid.

— Aux cordes ! aux cordes ! criai-je à Paul.

Un grincement de lames, un affaissement gradué de notre barque suspendue... puis le vide et un *flatch* ... Ah ! quel flatch !...

Nous étions à la mer.

Comment ne nous rompîmes nous pas les os en mille morceaux, dans cette chute, je ne le comprendrai jamais. Nous eûmes quelque peine à nous convaincre que nous étions entiers, de tête, de bras et de jambes. Un remous effrayant nous inondait d'écume épaisse comme de la crème fouettée. Dans la débacle, les avirons avaient volés de tous côtés. Par bonheur, il en restait un, et je me mis à godiller vigoureusement. En nous éloignant, nous apercevions à peine la masse noire du *Ceylan*, tant la nuit était obscure; mais, de son bord, on devait distinguer facilement notre esquif se détachant sur la mousse blanche des grandes vagues.

Un coup de feu, puis deux, puis trois, nous prouvèrent que j'avais pensé juste. Heureusement, nos allemands tiraient mal, mais il suffisait d'un viseur plus adroit pour nous envoyer *ad patres*. Déjà, l'éventail formé par les projectiles semblait se refermer. Une balle siffla tout près de nous. Je dis à Paul : — Tu sais nager, moi aussi; à l'eau ! et filons en biais pour éviter les prunes !

Bien nous en prit, car, un moment après, notre bateau craquait, sous les coups, comme des planches qu'on fend à la hachette. Il dut, bientôt, être troué comme un écumoir, et sombrer à pic.

Pour nous, nous continuâmes à tirer notre coupe suivant les plus doctes préceptes de l'école Deligny. Au bout d'une heure, nageant

... Nageant en piétinant parfois au milieu d'une vase visqueuse

ou piétinant parfois au milieu d'une vase visqueuse qui nous décelait la présence d'une terre prochaine, nous atteignîmes un îlot habité par un fermier qui vivait en véritable solitaire, à la Robinson Crusoé.

Il nous accueillit avec bienveillance, alors nous crûmes devoir lui faire le récit de notre triste odyssée.

Nous lui racontâmes les sévices dont nous avions été victimes à bord du navire allemand. Il va sans dire que notre bonne étoile nous avait mis en relations avec un brave et digne homme qui comprenait et parlait quelque peu le français, ayant longtemps habité au Canada dont il nous fit la description la plus séduisante.

C'est alors que je lui dis « Savez-vous pourquoi l'équipage du *Ceylan* avait juré notre perte ?

— Mais, parbleu, nous répondit-il, cela s'explique; ils ont du regret de n'avoir pas tué assez de français en France en 1870-71, lors de votre fatale guerre.

Nous n'avions pas songé à cela, tant de cruautés nous paraissaient inexplicables, le bon fermier venait de nous donner le mot de l'énigme.

Il continua.

— Mes enfants, moi j'aime la France, je vous prends sous ma protection, vous êtes sauvés.

En effet, il tint parole et il nous fit sécher nos vêtements à un bon feu, nous réconforta du mieux qu'il put, et avec sa barque il nous transporta ensuite sur la rive américaine.

Etais-ce à l'aube ? comme je l'avais prévu, Je ne saurais le dire. On avait comme la sensation du jour et, cependant, il faisait nuit. La mer semblait une masse d'encre striée de bandes violettes et jaunes. Le ciel était noir aussi, et, au loin sans voir d'éclairs, on entendait des roulements et des éclats de tonnerre. C'était lugubre, effrayant. Il devait se jouer dans cette baie de Delaware, réputée si tranquille, un de ces drames de la mer dont le décor et la mise en scène paraissent empruntés aux plus sinistres tableaux des légendes infernales. Cependant, au bout de quelque temps, le soleil qui, au-dessus de nos têtes avait fini par percer la voûte endeuillée, jetait déjà ses plaques d'or pâle sur le sable de la grève, que l'odieuse coupole surplombait encore les flots en furie. Après un court repos, bien gagné, nous longeâmes la côte dans la direction où devait, suivant notre orientation, se trouver Philadelphie.

Une demi-heure après, nous ne nous étions pas trompés, car, nous faisions notre entrée dans cette ville, que nous nous hâtions de quitter. Ayant la crainte, (ignorant les usages des Etats-Unis), d'être pris par les gendarmes de la marine, et ramenés à bord du *Ceylan* où, pour le coup, la barre de justice nous attendait légalement, correctionnellement, — et mortellement.

New-York nous attirait. Nous en prîmes le chemin et, quatre jours après, nous y parvenions.

Une bonne aubaine nous y souhaita la bienvenue. Une enseigne en français, et en bon français, ayant attiré notre attention, nous pensâmes qu'elle indiquait la demeure d'un compatriote. C'était exact. De plus, la maison était hospitalière. Nous y fûmes accueillis à cœur ouvert, restaurés copieusement, assurés d'un gîte, en attendant que nous eûmes trouvé un emploi.

Et, comme un bonheur n'arrive jamais seul, le jour même de notre arrivée, j'eus la surprise agréable, feuilletant des gazettes, de tomber dans le *Courrier des Etats-Unis*, sur ce fait-divers :

Le trois mâts allemand, Ceylan, *venant du Hâvre, est arrivé hier à Philadelphie, dans un déplorable état. Il a été enveloppé et comme tordu dans la trombe qui s'est abattue en mer, non loin de cette ville. Son grand mât et son mât d'artimon ont été emportés par la violence de la tempête. Ils ont, dans leur chûte, blessé grièvement le capitaine et le second. Un pauvre nègre qui servait à bord, a été tué sur le coup. L'équipage est à peu près sauf.*

Il n'y avait donc que demi mal. Et comme je ne suis pas méchant, cette demi satisfaction m'a suffi.

II

NEW-YORK

Les idées de notre hôte sur New-York. — Jesse de Forest. — Les émigrés d'Avesnes. — Hollandais. — Voisins dévorants. — Un usurpateur. — Les Normands en Amérique. — Le Vinland. — Prospérité et décadence de cette colonie. — Les précurseurs de Chistophe Colomb. — Jean Cousin. — Toujours les Français. — La vraie nationalité de Christophe Colomb. — Le crime de Washingthon. — Profusion de statues. — La Liberté éclairant le Monde. — La Liberté américaine. — L'Egalité. — Les sept classes. — Luxe et misère. — Splendid dinner. — Trop de fleurs ! — Business. — La Fraternité. — Mon ami Paul. — En avant !

Notre hôte dont la bienveillance à notre égard ne se démentit pas un seul instant pendant notre séjour à New-York, professait pour cette ville et pour ses habitants, une admiration très modérée.

Il était pourtant originaire de la cité que les Yankes ont baptisé la « Capitale du Monde », et même originaire de la première heure, car il descendait en droite ligne de l'un des compagnons de Jesse de Forest, le véritable fondateur de New-York.

On attribue généralement la découverte de l'estuaire du fleuve qui devait devenir l'Hudson, aux Hollandais.

C'est une erreur. Là, comme en tant d'autres endroits de l'Amérique, les Français parurent les premiers.

M. Lefort se plaisait à constater ce fait, surtout en ce qui concernait sa ville natale et ses environs.

Il évoquait la grande image de Verazanno, amiral au service de François Ier, arborant, au nom de son maître et en signe de possession, le drapeau fleurdélisé à l'île de Malattan, où s'élève actuellement New-York; mais sa prédilection se portait sur Jesse de Forest, seigneur de Vendégie et de Ruesnes, riche industriel d'Avesnes, « teincturier » comme il se plaisait à se qualifier, qui, au printemps de 1623, y conduisit trois cents de ses compatriotes, sans compter les femmes et les enfants, tous agriculteurs ou artisans et tous « de language français ».

La colonie fut de suite des plus prospères. Un de ses membres écrivait, peu de temps après son arrivée :

« Nous avons été très heureux en arrivant dans ce pays. Nous y avons trouvé de belles rivières, des ruisseaux qui descendent en murmurant dans les vallées, des eaux courantes dans les plaines, des fruits agréables dans les bois, tels que fraises, noix et raisins.

Les forêts regorgent de gibier et les rivières de poissons.

On trouve partout de la terre labourable et surtout la liberté d'aller et venir sans craindre les naturels du pays. Si nous avions des vaches, des porcs et d'autre bétail propre à la nourriture, — que nous attendons, du reste journellement par les premiers navires, — nous n'aurions aucun désir de retourner en Europe ».

Comme on pense, ces bonnes nouvelles firent sensation au pays. Il n'y fut plus question que de la Nouvelle Avesnes. — C'était le nom donné par Jesse de Forest à la ville créée par lui, et de nombreux colons ne tardèrent pas à rejoindre les premiers.

Les Hollandais vinrent ensuite, et échangèrent le nom de Nouvelle Avesnes contre celui de Niew-Amsterdam. Ils donnèrent même aux pays environnants l'appellation de Nouvelle Néerlande. Des Suisses du canton de Vaud, des réfugiés de France, après la révocation de l'édit de Nantes, accoururent à leur tour. Et quand on fut beaucoup de monde, on commença, suivant l'inéluctable loi de l'humaine nature, à se battre entre soi, ce qui attira les voisins. Les Anglais eurent promptement raison de la cité naissante à laquelle ils donnèrent le nom du duc d'York investi, par son frère le roi Charles II, des territoires compris entre le connecticut et le Delaware.

Telles furent les origines de New-York, demeurée longtemps petite ville, encore, qu'en 1660 on y compta deux cents maisons « simplement construites, mais amples et hospitalières », dont on peut par la topographie du terrain établir la situation entre les limites actuelles de Vall Street et de Broadway.

— Nous voilà loin de compte, ajoutait M.

Lefort, avec le quaker William Penn, qui a su faire croire à tout le monde qu'il avait découvert New-York en 1683.... Christophe Colomb n'est pas le seul qui soit arrivé en Amérique après les autres.

— Comment ! Il n'a pas abordé le premier en Amérique ?

— Vous en êtes encore là ! Ah bien, vraiment, vous êtes en retard. Sans compter les Asiatiques, Chinois, Indiens et autres, qui, mille preuves en témoignent, abordèrent au nouveau continent; dans l'antiquité des âges, des navigateurs européens y parvinrent par l'Atlantique bien longtemps avant votre Colomb. Les Normands sont les premiers en date. On connaît l'époque exacte de leur apparition. En l'an *mille*, tout juste, un jeune chambellan de la cour de Norwège, fils d'un grand seigneur groënlandais, atterrissait après une halte au cap Cold, au pays qu'on appelle encore le *Paradis de l'Amérique*, sur les bords de l'actuelle Pocaset River, où il fondait une ville, Leifs Budir, capitale d'un royaume qu'il nommait le *Vinland* parce qu'il y trouvait du raisin dont un de ses compagnons, qui avait voyagé en Espagne, fit un vin délicieux.

Au bout d'un an, en juin 1001, Leif Erikson reprenait ses navires chargés de richesses et son royaume demeuré en bonnes mains, le chemin de son pays. L'année suivante, au printemps, son frère Corwald partait sur ses indications et trouvait, sans peine, le Vinland. Il étendait ses explorations au sud. Il colonisait à Long-Island, puis en 1003, vers le mois de mai, remontait dans la direction du nord, et ensuite de l'ouest, où, à la hauteur du cap Aldenton, il fut tué dans une rencontre avec les

Skrellings (les Esquimaux), qui, en ce temps-là, envahissaient l'Amérique septentrionale où ils furent repoussés plus tard.....

... Vous avez l'air de me dire qu'en savez-vous ?

— Je le sais par les *Sagas*, ou chronique des moines islandais, qui ont fidèlement conté, sans que l'histoire eût jamais pu les prendre en faute, toutes les migrations des peuples scandinaves, je le sais aussi par des vestiges de monuments ainsi que par des inscriptions en caractères *runiques* ou *nordiques* retrouvés un peu partout sur notre sol et confirmant en tous points ces *Sagas*.

Je continue après Torvald, une nouvelle expédition, tout en flotte commandée par un autre de ses frères Thorfinn, accompagné de sa femme Gudride, et de sa sœur Freydize, mit le cap sur le Vinland. Il y eût des batailles en règle avec les Skreelings. Finalement, les Normands eurent la victoire, et Thorfinn, se lançant en plein Océan, atteignit, vers l'automne de 1011, les côtes de Norwège. Gudride fit alors un pèlerinage à Rome, et Rome ne tarda point à diriger sur ses indications un de ses prélats, l'évêque Jonnus, vers le Nouveau Monde. Il y fut massacré par les colons revenus à leur ancienne religion. Plus heureux fut son successeur Erik Upsi, norvégien de naissance. Il étendit la colonie jusqu'aux lieux où se trouvent Washington et Richemond, et fixa son siège épiscopal à Rodde Island où il établit un baptistère, qu'on voit encore, et qui est connu sous le nom de *Moulin-de-Pierre*.

J'abrège. Le Vinland a payé la dîme et, cela, jusqu'à ce qu'il cessât d'exister. — Je vais encore vous citer une date : 1389, époque à laquelle les Vinlandais, pressurés par la Mère-Patrie, qui exigeait d'eux des redevances invraisemblables, vidèrent leurs magasins, mirent le feu à leurs maisons, et reprirent, la mort dans le cœur, le chemin de la vieille Europe.

Nous écoutions bouche bée. Ce que contait notre hôte renversait toutes nos idées sur l'Amérique. Il jouissait de notre stupéfaction, et prenait plaisir à la surexciter par d'autres révélations. — En voilà assez pour aujourd'hui, disait-il, demain je vous conterai l'histoire des grandes expéditions parties d'Irlande. Je vous narrerai, par le menu, les aventures extraordinaires du baron de Sinclair, Vice-Roi des Arcades, jeté en Floride...

Et donc, Jean Cousin, de Dieppe, abordant en 1488, quatre belles années avant Christophe, en plein Brésil !... Il avait pour lieutenant Vincent Pinçon ou Pinzon, si vous préférez, un traître qui alla porter la bonne nouvelle au Gênois avisé dont on vient de transférer, avec solennité, les cendres, ou les pseudo cendres en Europe. « A propos, savez-vous que Christophe Colomb était Français ?

— !!!

— Je dis bien: Français! Il a vu le jour à Gênes ; je n'en disconviens pas, mais au moment de sa naissance, comme au moment de sa mort, Gênes était ville française. Il fit, comme sujet de Sa Majesté très chrétienne, ses débuts dans la marine du roi de France, et il y resta tant qu'on y eut besoin de ses services. Le fait est attesté par plusieurs documents, entr'autres par une lettre du roi d'Espagne, Ferdinand, à Louis XI, par laquelle ce souverain se plaignait de ce que Colomb, à la tête d'une escadre française, avait capturé indûment deux galères espagnoles, et priait son cousin de France de faire rentrer dans le devoir ce *sujet* trop entreprenant et trop remuant...

Je vous le dis, partout en Amérique, on trouve la France, — toujours la France.

— Vous avez raison, fis-je, saisissant au vol l'occasion de montrer un coin de mon savoir en matière de Français en Amérique. — Vous avez raison, et ce n'est pas ici qu'il convient de méconnaître le grand reflet de la France sur les destinées américaines, — ici, dans le pays illustré par La Fayette, Rochambeau, Biron, qui de concert avec le grand Washington...

— Washington !... Ah, vous tombez bien ! Washington !... mais c'était le pire ennemi de la France... Vous en doutez ! Eh bien, écoutez-moi.

C'était en 1754. Un fort situé à l'extrême lisière des possessions françaises, la portion médiane de l'Amérique du Nord, le fort Duquesne, avait pour commandant M. de Contrecœur. Cet officier, isolé dans ce poste avancé, sans nouvelles du dehors, et ne sachant à quelles raisons attribuer ce silence, résolut d'envoyer à la découverte quelques-uns de ses hommes. Ce détachement revint au bout de quelques jours, apportant la nouvelle que les Anglais établis à quarante ou quarante-cinq lieues, dans la Virginie, se préparaient à attaquer le fort Duquesne.

M. de Contrecœur, pour éviter toute surprise et faire valoir ses droits d'occupation basés sur une entente tacite, consentie momentanément entre belligérants sur ce point du territoire américain, ordonna, sur l'heure, à l'enseigne de Jumonville de partir, avec une escorte, au-devant des forces anglaises et de remettre une sommation, dont il était porteur, au premier officier qu'il rencontrerait.

Celui-ci se mit aussitôt en route. Il était accompagné de trois cadets, d'un certain nombre de soldats, de plusieurs indiens et d'un interprète, en tout, trente-cinq personnes. Cette petite troupe s'avançait sans défiance, se croyant suffisamment protégée par le drapeau parlementaire qu'elle avait arboré.

Mais elle avait compté sans la perfidie légendaire de messieurs les Anglais. A deux lieues du fort, à peine, elle se trouva soudainement cernée, et ne soupçonna la présence de l'ennemi qu'en recevant à bout portant, une décharge d'armes à feu qui causa des effets meurtriers dans ses rangs. Indigné, mais gardant tout son sang-froid, Jumonville, suivant ses instructions, marcha droit à l'officier qui paraissait commander le détachement anglais, et, le saluant, déploya, lentement, la sommation dont il commença la lecture. Pour toute réponse, l'Anglais ordonna à ses soldats, qui avaient eu le temps de recharger leurs armes, de reprendre le feu. A cette nouvelle attaque, Jumonville tomba pour ne plus se relever, ainsi que huit autres personnes de l'escorte. Le reste fut fait prisonnier, sauf un seul homme du nom de Manceau, qui parvint à s'échapper et courut en toute hâte annoncer le triste résultat de cette expédition, au commandant Contrecœur.

Et maintenant, voulez-vous savoir le nom de ce chevalier félon, de cet officier indigne de l'épaulette ?...

C'était Washington, — le colonel Washington !...

Un mois plus tard, le frère de Jumonville,

M. de Villiers, vengea l'infortuné enseigne. — Il le vengea noblement, à la française ! Ayant attaqué le fort Nécessité, que défendait ce même Washington, il s'en empara, et cette victoire lui suffisant, il fit généreusement grâce à son adversaire, qu'il laissa libre d'aller, abandonnant ses soldats prisonniers, porter lui-même la nouvelle de sa défaite à ses supérieurs.

Il est donc bien établi que celui qui devait prendre une part si active à l'indépendance des Etats-Unis, est responsable de l'infâme guet-apens que je viens de vous conter. Ce qui n'empêche pas la France de tresser des couronnes à Georges Washington. Il aura, n'en doutez pas, sa statue à Paris, s'il ne l'a déjà...

Il l'a, en effet, en pleine cour des Tuileries.

Vous nous envoyez bien, de France, statue sur statue, pour la plus grande glorification du peuple américain.

Je ne puis m'empêcher de jeter, à l'occasion, un regard amer et chagrin sur le colossal monument qui décore l'entrée de notre port.

La Liberté éclairant le Monde... La Liberté... américaine ?

... Ah ! elle est bien bonne !... Restez un peu ici, vous m'en direz bientôt des nouvelles. Il n'y a pas, je vous le dis, un pays où l'on soit moins libre qu'en Amérique. Vous êtes libre, c'est vrai, de faire du charlatanisme, du puffisme, tant que vous voulez. La loi est pour tous et les plus grandes excentricités sont permises, mais allez donc, en vertu de cette liberté, disons-le de cette licence, lutter contre un tas de petites chapelles, de grandes ligues plus intolérantes les unes que les autres, de tyrannies telles qu'aucun état monarchique de la vieille Europe n'en a connues !

— Mais, interrompis-je, l'Amérique, celle où nous sommes, n'est-elle pas le pays des grandes inventions.

— Oh ! je ne méconnais pas que mes compatriotes américains n'aient un flair immense pour donner essor aux grandes applications de la pensée humaine ; mais je ne puis m'empêcher de songer qu'ils ont souvent mis le pied dans les plates-bandes déjà vieillies.

Ils inscrivent à leur actif : le métier à filer le coton, la faucheuse, la presse typographique cylindrique, la navigation à vapeur, le paratonnerre, la machine à coudre, l'industrie du caoutchouc, la machine à forger le fer à cheval, le moule en sable, l'élévateur à grains, la fabrication artificielle de la glace, le téléphone, le phonographe, et bien d'autres surprises de la science appliquée.

Eh bien, mes amis, reprenons quelques-unes de ces surprises :

L'invention du paratonnerre est due, non à Franklin, l'auteur du *Bonhomme Richard*, mais à un moine, natif de la Bohème, nommé Procope Diwish. Longtemps avant que Fulton lançat son premier pyroscaphe sur l'Hudson, — ceci se passait en 1807, le marquis de Jouffroy avait, en 1783, résolu, de façon probante, le problème de la navigation à vapeur.

La machine à coudre date de 1829 : elle est le produit du génie inventif d'un Lyonnais, du nom de Timonnier ; ses premières machines fonctionnèrent à Paris, rue de Sèvres, mais le public rebelle par nature de toute innovation, n'y prit aucun intérêt. Parlerons-nous, enfin, du fameux phonographe ? Assurément, M. Edison est un inventeur peu vulgaire. Il n'en est pas moins vrai qu'il se borna, en cette découverte, à remplacer, par une feuille d'étain, la plaque de verre, enduite de noir de fumée, dont se servait le physicien français Charles Cross pour obtenir, suivant toutes les règles acoustiques, éelctriques et graphiques, mises en lumière depuis par Edison, la reproduction de la parole humaine.

***

Ainsi se passaient, au milieu des plus instructives conversations, nos soirées, et les jours fériés, nos promenades avec l'excellent M. Lefort. Il avait toujours à nous fournir quelque aperçu nouveau. Un soir comme, du pont de Brooklynn, gigantesque, mais bien mal tenu, notre regard errait sur la statue de Bartholdi, noyée, au loin, dans la lumière rose du soleil couchant, il nous dit, étendant son bras vers elle :

— La liberté,... passe encore, mais la fraternité !... Savez-vous de quoi se compose la population de New-York ?... Autrefois, en France, on comptait trois classes ; je crois que maintenant on n'en admet plus que deux. En Amérique, partant à New-York, on en a sept, symbolisant *le véritable riche, le riche, le prospère, l'homme à son aise, le confortable, l'inconfortable, le pauvre* content de vivre. Il y en a bien une huitième, mais on ne la voit pas ; elle grouille à son aise, en son coin, où personne ne songe à l'inquiéter.

Or, voici comment se répartit la fortune dans les sept classes précitées. Les quatre premières ne comportent que des millionnaires. Elles ne comptent pas moins de 28.000 représentants. en tête desquels s'avancent, comme une auréole d'apothéose, les rois milliardaires ; Rei des chemins de fer, Roi du pétrole, Roi du porc salé ! C'est là la fine fleur, la crême, le gratin de l'armée du dollar : chapelle fermée, en laquelle on n'accède généralement que par des moyens peu compatibles avec le fonctionnement régulier des forces cœrcitives de la loi, et où l'homme n'est coté que d'après son carnet de chèques.

La classe *confortable* comprend environ 25.000 personnes dont le revenu va de 5.000 à 7.500 dollars ; la sixième classe, *l'inconfortable* se compose de pauvres diables qui n'ont à dépenser que 2.500 à 5.000 dollars par an, leur existence est misérable, parce qu'ils veulent faire figure quand même. Par contre, les *panés* de la septième classe, dont le revenu se taxe au-dessous de 2.500 dollars, jouissent mieux de leurs ressources, ne se croyant pas obligés de se passer du nécessaire pour se donner le luxe apparent du superflu. C'est *l'aurea mediocritas* du poète appliquée aux petites bourses du Nouveau Monde.

Le fretin des *petits riches*, — je ne dis pas des petits rentiers, on n'en compte guère à New-York, pourrait former, avec quelque apparence de raison, la classe 7 bis, — mais le revenu décent, respectable s'arrête au *pauvre, content de vivre*.

Or, chacune de ces classes vit isolée, regardant avec morgue celles qui la suivent, avec envie et haine celles qui la précèdent. Il en résulte, dans ses rangs mêmes, un sentiment pénible qui plane sur tous ses membres et les divise. La vie intime, la vie sociable, l'entregent, qui donne tant de charmes à nos réunions familiales ou mondaines, en Europe, et surtout en France, sont inconnus ici. Eblouir son voisin, et s'éblouir soi-même, voilà le rêve du parfait *Yankee.*

Il gagne facilement son argent, et il le jette par les fenêtres avec une désinvolture sans pareille. Dans les grands restaurants de New-York, un amphitrion, pour avoir un *splendid dinner*, soldera, sans sourciller, les additions les plus extravagantes. Il est vrai, qu'à raison de cinquante dollars par convive, l'hôtellier lui fournira des vins à l'étiquette sonore, des *Menus* enluminés par des artistes *di primo cartello* et des fleurs à se croire à Cannes ou à Grasse.

Les fleurs, grand luxe cher aux New-Yorkais, grand aliment au débit de la chante-pleure par laquelle s'écoule dollars et bank-notes ! Le climat du Nord se prête mal aux floraisons enivrantes, et la côte méditerranéenne est loin de Brooklynn.

Dans un bal récent, les deux mondes avaient été mis à réquisition pour la décoration florale, sans compter les envois de France, la Californie avait fourni plus de 40.000 feuilles de *galax*, plante des plus rares. La Floride avait expédié des trains complets d'orchidées et de roses. Tous les murs étaient garnis, du haut jusqu'en bas, de gerbes aux corroles éclatantes, se détachant sur le polychrome d'une mosaïculture délicieusement variée. Entre les danses, des chars irisés, de thyrses et débordant de grappes aux senteurs pénétrantes, parcouraient les salons pour les parfumer délicieusement. Pour recevoir ses invités, la maîtresse de la maison se tenait, comme une ancienne reine, sous un dais de peluche rouge, tranchant sur la poussiéreuse verdure, d'une tapisserie de Beauvais, horriblement mutilée, découpée même, à jour, par endroits, qui, dans la majesté de son antique splendeur, n'avait pas coûté moins de cinq cents dollars de droits à la douane.

Le cotillon fut dansé par les *Rois* et les *Reines* du lard, du cochon, et d'autres produits non moins estimés en Amérique. Il y fut montré pour des millions et des millions d'accessoires, et les bijoux, seuls, distribués à cette occasion, dépassèrent la valeur d'un fonds de joaillerie... Et, comme l'Américain est toujours pratique, des hérauts d'armes précédés d'une fanfare, parcoururent les *halls* où l'aube mettait une lumière pâle, en criant :

Business ! Business !... les affaires ! les affaires !...

***

Notre hôte s'arrêta. Il continuait à regarder, d'un œil vague, la statue de Bartholdi, qui, maintenant, s'estompait dans la pénombre du crépuscule.

Au bout d'un moment, il reprit : « Vous êtes édifiés, n'est-ce pas sur l'Egalité, comme sur la Liberté qui règnent en Amérique... Je vous vois venir : Vous allez me parler de la Fraternité !... un grand mot, dont on use un peu partout, et dont ou abuse ici. L'Américain naît frère prêcheur, et il le reste toute sa vie... Mon frère par ci ! Mes frères par là !... La vérité est que nulle part on n'est moins frère qu'en Amérique... Vous êtes jeunes, mes amis, vous vous proposez de voir du pays ? Où que vous alliez, vous trouverez la confirmation de ce que je vous dis. Vous vous direz plus d'une fois le père Lefort avait raison ; il connaît bien ses *Yankees*.

Nous nous apprêtions, en effet, à voyager, à quitter, après quelques mois de séjour, New-

York ! où une spéculation malheureuse, résultat de la collaboration néfaste d'un commanditaire peu scrupuleux, nous avait enlevé quelques économies péniblement amassées pendant les premiers temps de notre séjour en cette ville.

Nous voyageâmes donc, mais pas ensemble.

Mon ami Paul, pris de nostalgie, trouva, en sa qualité d'ancien apprenti bijoutier, à s'embaucher à bord d'un transatlantique, pour prendre soin de l'argenterie.

Il retourna donc en France, tandis que je me préparais, la bourse encore un peu plus légère qu'au Hâvre, à tenter la fortune dans l'immense patrie où le grand air largement circule pour toutes les poitrines libres, où la plaine, à perte de vue succède à l'interminable forêt, où l'or des placers sonne au loin le carillon de la richesse enivrante.

Jeune, débordant de sève, sans attachement qui enchaînât ma destinée, je me lançai sur le grand chemin de l'inconnu, alerte, dispos, et confiant dans mon étoile.

Car, en ce temps là, de bonne foi, je croyais avoir une étoile.

III

LA TRIBU DES CHAPEAUX MOUS

En route pour le Canada. — Marche forcée. Un voyageur en supplément. — Je paie mon écot. — La mine de charbon de terre. — Maynard City. — Mon ami Van der Marolles. — Rétribution fantastique. — En retour avec la Compagnie. — Départ subit. — A la grâce de Dieu. — Les Chapeaux mous. — Dîner de fiançailles. — Durs avertissements. — La danse des aïeux. — Travaux d'hiver. — Le Renouveau. — Une idée de Van der Marolles. — Souvenir de Bruxelles. — Plus loin !... Plus loin !...

J'avais toujours présent à l'esprit le souvenir du récit que m'avait fait le bon fermier, notre sauveteur de l'îlot où nous avions abordés mon ami Paul et moi, après notre fuite du *Ceylan*. J'ai dit, dans le premier chapitre, qu'il nous avait fait du Canada les plus séduisantes descriptions. Toujours elles avaient été présentes à ma mémoire, et même à New-York, alors que je vivais auprès de M. Lefort, « m'occupant, ce que j'avais oublié de vous dire dans le chapitre précédent », du placement des produits français les plus variés, je rêvais au Canada, ce pays que je considérais comme une terre promise, tels les anciens Hébreux aspiraient après la terre de Chanaan. Donc le Canada m'attirait, et je partis pour le Canada, — non en *sleeping car*, ni en seconde classe, ni même en troisième ou quatrième, mais à pied, en bon chemineau, mon bâton de voyage à la main. J'allais confiant en mon étoile, car cette confiance absolue m'était revenue pleine, entière, ainsi que je le disais en terminant le précédent chapitre.

Certes, je devais plus tard modifier mes idées premières sur l'étoile qui nous gouverne, mais, pour le moment, j'avais la certitude qu'elle devait influer sur ma destinée. Et maintenant que j'écris, j'hésite et je me demande s'il n'y a pas une petite parcelle de vérité ; si dans ce mot « étoile » le penseur qui a émis l'idée ne prévoyait pas une fatalité bonne ou mauvaise réglant l'avenir de l'individu et le conduisant à une fin inéluctable.

Mais je m'attarde en réflexions philosophiques alors que vous attendez un récit. Excusez-moi, amis lecteurs, j'y reviens et je n'en démords plus.

J'aime à voir du pays, et j'en vis ainsi beaucoup, mais sans grande variété car, pour ne pas m'égarer, je suivais, sans m'en éloigner, tantôt sous bois, tantôt rasant l'herbe de la prairie immense, la voie du chemin de fer qui, ne trouvant pas d'obstacle sur sa route, piquait, avec une désespérante monotonie, droit devant elle.

Cette uniformité n'était pas faite pour m'inspirer des idées bien gaies, et, souvent, je regrettais de n'avoir pas repris, avec Paul, le chemin de la Patrie. Je couchais le plus ordinairement à l'auberge de la belle étoile, et je ne dînais pas tous les jours.

Parfois, en me rangeant pour laisser passer un train, je humais ou je croyais humer comme un bon fumet de cuisine s'échappant des beaux wagons qui passaient devant moi comme un bolide. Et alors, j'étais pris d'une envie folle de savourer de plus près, et plus longtemps, cette alléchante odeur. Quand je n'y tenais plus, je profitais du moment où un convoi partait d'une station pour sauter sur le marchepied de la dernière voiture, d'où je gagnais le panneau de queue, là, en croix de St-André, les pieds sur les tampons, les mains agrippées au rebord du faîte, je me donnais la douce satisfaction de me laisser conduire à la station suivante, sans bourse délier. De cuisine, je n'ai jamais, dans cette posture, senti le moindre arôme, mais j'épargnais cinquante ou soixante kilomètres à mes jambes, encore vierges de tout entraînement professionnel, — et c'était bien quelque chose.

Je sais que les compagnies de chemin de fer n'autorisent pas, et même prohibent et répriment ce genre de transport ; mais j'ai la conscience d'avoir indemnisé largement celle qui me voiturait ainsi, car j'ai travaillé dans une mine qui lui appartenait, — et ce n'était pas jeu de prince, je vous assure.

Un jour, en effet, en arrivant à Wheeling, dans l'état d'Ohio, comté de Belmont, je m'aperçus, en sautant sur la voie, que mon estomac battait singulièrement la fringale. Je m'en ouvris à un compatriote que je rencontrai près de la gare. Il me restaura charitablement, et me donna le bon conseil de me rendre à une mine de charbon de terre située à dix-sept milles de là, à la Cleveland Lorain et Wheeling R. R. Cie. Je partis sur l'heure, et, le soir, j'arrivais au *Mining Camp*, c'est-à-dire au camp des mineurs fort de 700 habitants et décoré du nom pompeux de Maynard City.

En arrivant aux premières maisons, je m'arrêtai devant un cabaret portant l'enseigne : « *A l'Enfant qui pisse* ». La porte était fermée en dedans ; je frappai ; ce fut, naturellement, un belge qui vint m'ouvrir. Il me fit un très bon accueil, me présenta à ses compagnons, qui s'apprêtaient à se coucher, et m'offrit de me conduire, le lendemain, à la mine. Ce fut un morceau de lard, fleurant délicieusement, qui décida de mon sort.

Je n'avais pas un sou pour le payer, et, pour m'en régaler, j'aliénai ma liberté.

Le jour suivant, au matin, je partis donc, en compagnie de mon Belge, pour la mine. — La mine ! ce seul mot me faisait froid, et j'avoue qu'en chemin j'eus plus d'une fois la velléité de m'en retourner sur mes pas, et de donner à tous les diables ma carrière de mineur. Mais je suis né courageux, audacieux même... Et puis, j'avais mon lard à payer.

Mon compagnon, qui s'appelait Van der Marolles, me servit d'interprète. Il avait préparé un beau discours pour expliquer, à un porion connu de lui, que je ne savais pas un mot d'anglais et que je n'avais jamais travaillé aux mines. Le porion, tout à fait bon garçon, me tendit la main, ce fut tout notre contrat.

Une heure après, je me présentais à la mine, habillé en manière de ramoneur et muni de l'arsenal réglementaire : quatre piks, une pelle, un deill, une épinglette, un tampon, une hache, une masse du poids de neuf livres et un coin de fer, le tout à mes frais... Heureusement, Van der Marolles était là.

A mon arrivée, j'eus une surprise agréable.

Par une très gracieuse attention pour les gens du monde connu des anciens, le Nouveau Continent, si j'en juge par Maynard City, a des mines à fleur de terre.

On y entre de plein pied, comme dans une grange. Les frais d'installation n'ont donc pas été considérables ; aussi, le mineur y devrait-il gagner sa vie largement, malheureusement il est exploité. Au prix de 3 fr. 50 par tonne, il devrait toucher de 20 à 22 francs par jour ; mais la Compagnie passe son charbon au gril, et ne lui tient compte que du lump coal, c'est-à-dire des gros morceaux.

D'autre part, la même Compagnie venait, au moment où j'y entrai, de se réserver le monopole du logis et de la nourriture du personnel, de sorte que, lorsqu'au bout du mois, je me présentai à la caisse, au lieu d'y toucher de 140 à 150 francs, sur lesquels je comptais, il se trouva que j'étais en retour avec elle.

Avoir travaillé, avoir peiné, avoir sué sang et eau pendant trente longs jours, pour arriver à ce résultat, — vrai, c'était trop raide. Je me débarrassai promptement de mon fourniment et j'allai trouver Van der Marolles. Le pauvre homme était aussi navré que moi. Ses clients, forcés de prendre leur gîte et leur nourriture dans les auberges privilégiées de la Compagnie, n'avaient plus aucune raison de venir chez lui. Il était, de ce fait, ruiné de fond en comble.

Nous résolumes de fuir sans retard ce pays maudit. Van der Marolles fit un paquet de quelques hardes indispensables ; je me contentai, moi, en voyageur aguerri, de celles que j'avais sur le dos et nous partîmes sans même nous retourner pour donner un dernier regard au *Mænneken-Piss* qui, de son enseigne, devait considérer avec tristesse notre fuite aussi imprévue qu'improvisée. Nous avions pris le parti de vivre désormais de la *vie libre* dont j'avais fréquemment vanté les bienfaits à mon compagnon, sans m'en rendre bien compte moi-même.

Où allions-nous ? nous n'en savions rien. Grâce à Dieu, le hasard nous servit bien, car nous tombâmes, après trois jours de marche, chez des Indiens qui nous reçurent à bras ouverts.

Ma surprise fut grande, car ils ne ressemblaient en rien aux Indiens que j'avais vu jusque-là. Ils portaient, au lieu de plumes et de colifichets, des chapeaux en feutre du plus bizarre effet ; ce qui les fit surnommer, par Van der Marolles, la tribu des *chapeaux mous*. C'étaient des bûcherons, installés sous des tentes composées de beaucoup de piquets et de très peu de toiles. Mais ils s'en contentaient, et nous fîmes comme eux. Après Maynard City, j'avais soif de grand air, j'étais servi à souhait.

Le jour où nous arrivâmes chez ces braves gens, il y avait grande fête dans la tribu. C'était à l'occasion du mariage ou plutôt des fiançailles de la fille d'un chef. Tout le cortège des invités vint au-devant de nous, aussitôt que nous fûmes signalés. Puis, nous entrâmes sous une hutte passablement close, où l'on nous régala d'un jeune chien rôti. Tandis que l'héroïne du jour, ma voisine de table, en faisant craquer les osselets sous ses dents pointues, elle reçut en pleine figure une poignée de petits os en guise de bûchettes qui vinrent rejaillir dans mon assiette, — car nous avions des assiettes. C'était la demande en mariage dans sa forme officielle, le visage de la jeune fille rayonna, elle renvoya la politesse à son promis, en signe d'acquiescement, et, comme dans tous les pays du monde, deux baisers sonores scellèrent le pacte de la vie commune de ces jeunes gens.

Le père de famille prit alors la parole, et, d'après ce que me traduisit mon compagnon, rappela à sa fille les devoirs et les obligations d'épouse qui l'attendaient.

Elle devait, tout d'abord, construire elle-même son wigwam, c'est-à-dire sa demeure nuptiale. Puis, comme la polygamie existe en ces lieux fortunés, elle aurait à prendre soin de tous les nourrissons nés jusque à elle.

Les plus durs travaux lui sont réservés.

Elle ne doit jamais s'absenter, sauf sur l'ordre de son mari, pour porter des fardeaux. Et, si elle n'accomplit pas toutes ces corvées, le supplice de la honte, le pire des supplices, l'attend. Elle ne sera ni battue, ni molestée, mais le monde saura qu'elle est à la honte et cela suffira.

La jeune fille accepta tout le programme.

Alors son père ouvrit la Bible et en lut un long passage ; puis il célébra la gloire des aïeux. Une bouteille de whiskey, notre réserve, l'engagea plus entièrement dans cette voie. Il dansa le pas de guerre, fit sur la tête de Van der Marolles le simulacre du scalp, et finalement proposa à ses convives, y compris nous,

Elle reçut en pleine figure une poignée de petits os...

de faire l'épreuve de la douleur, c'est-à-dire de nous flageller avec des lanières de peaux d'orignal, garnie d'hameçons.

Tout le monde refusa. Et sans l'épreuve de la douleur, mais par son absence même, la soirée se termina dans les ébats d'une absolue gaieté.

Nous restâmes avec ces Indiens que nous aidions dans leurs menus travaux, car l'hiver — (ai-je dit que l'hiver était venu, — est trop rude chez eux pour leur permettre d'abattre et de débiter du bois pendant les froids. Ils se contentent alors de faire des manches de hache, des souliers imperméables, des mocassins ou pantoufles en peau d'orignal et des raquettes à marcher sur la neige, accessoires indispensables en ces pays de frimas. Les journées passaient ainsi, longues et bien remplies, j'en faisais souvent de quinze heures pour payer mon gîte et ma nourriture, très convenable ; car heureusement, le chien ne figure que dans les repas de gala.

Or, c'est très amusant et très intéressant, j'en conviens, de fabriquer des mocassins ; mais ce n'est pas une carrière non plus que de porter la cognée aux vieux arbres. Et puis, nos hôtes, si bienveillants, si empressés qu'ils fussent, ne formaient pas une société bien variée.

Aussi, dès que le renouveau s'annonça, songeai-je à continuer ma route vers les horizons entrevus. Je m'en ouvris à Van der Marolles, mais il accueillit ma proposition sans enthousiasme aucun. Il avait d'autres projets en tête, il caressait un plan sagement muni, cela se voyait. Un jour, comme je lui renouvelais mon intention bien formelle de m'éloigner sans retard, il me dit :

— Comme il vous plaira. Moi je reste. Il y a longtemps que j'ai envie de faire fortune, l'occasion se présente ; pas si bête que de la laisser échapper.

— Comment cela ?

— Avez-vous remarqué comme nos hôtes se sont jetés sur notre whisky, le jour de la danse des aïeux.

— Parbleu ! ils étaient complètement ivres.

— Eh bien ! cela m'a donné une idée, *savez-vous.*

Van der Marolles ne m'en dit pas plus long. C'en était assez *pour une fois* ; mais il partit le lendemain en me faisant promettre d'attendre son retour. Il revint au bout d'une semaine, juché sur une voiture traînée par un petit cheval.

— Celle-là, dit-il, fera souvent la navette entre ici et Wheeling.

Et, soulevant avec mystère un coin de la bâche qui couvrait son véhicule, il me fit voir un nombre respectable de tonnelets.

Je compris alors son intention. Il se fit, en effet, construire une maison en bois et, un beau matin, en sortant de ma tente, je fus ébloui par cette enseigne, qui s'étalait en lettres noires, jaunes et rouges, à sa devanture : *Au souvenir du nouveau Palais de Justice de Bruxelles.*

— Hein! ça c'est génial! me dit mon tavernier improvisé, jouissant avec orgueil de mon étonnement.

Et il ajouta gentiment :

— Voulez-vous vous associer avec moi ?

Je le remerciai de tout cœur, et de son offre, et des bontés qu'il avait eues pour moi, mais mon parti était bien pris. J'avais, plus que jamais, besoin de voir du pays ; et comme tout le village était pour le moment en forêt et que les adieux sont toujours choses pénibles, je chaussai mes mocassins, et, profitant d'un instant où Van der Marolles était occupé à remplir des bouteilles, je m'enfonçai sous bois et disparus bientôt dans le feuillage qui, déjà, poussait dru aux arbustes et aux baliveaux d'une coupe rendue à elle-même. Qu'allait-il advenir et qu'allait faire briller mon étoile dans le firmament de mes destins? C'était là le secret de l'avenir. Maintenant qu'il m'est connu, je vous le puis absolument dévoiler.

IV

AU LAC WINNIPEG

Le Poste. — Mon associé. — M. et Mme César Napoléon. — La morte saison. — Les Indiens. — Fêtes et bombances. — Les achats. — Le « Vieux Soleil ». — Mon talent de micographe. — Je pars avec mon nouvel ami.

Je n'ai pas l'intention de conter par le menu tous les incidents qui se sont produits sur le long itinéraire de mon voyage en Amérique. Je n'essayerai même pas d'en donner le sommaire. J'ai été à droite, j'ai été à gauche, j'ai vu du pays, plus que je n'en avais souhaité. Je conterai, à l'occasion, des souvenirs de l'une ou de l'autre étape. Je mènerai d'un coup de magie, dont je suis coutumier, comme on le verra, mes lecteurs, soit au Dakota, soit au Texas, soit au Missouri.

J'ai un peu passé par tous ces pays, ayant eu soin de prendre le chemin des écoliers, qui est bien le meilleur des chemins, pour me rendre au Canada, mon point de mire. J'y fis un séjour assez prolongé. J'y gagnai de l'argent, par intervalles, et j'y retrouvai mes bons Indiens taillés sur le modèle, avec, à la fois, beaucoup d'idéal et du sens pratique en plus, que mes bons chapeaux mous, empoisonnés sans doute, à l'heure qu'il est, par les produits frelatés de Van der Marolles. C'est surtout à Winnipeg et dans la banlieue, grande comme la Bretagne ou la Normandie, de cette ville, que je connus à fond et que je vécus de leur vie.

Je tenais, alors, sur les bords du lac de ce nom ce qu'on appelle *un poste*, c'est-à-dire une sorte de factorerie, où les Indiens viennent, à époque fixe, échanger leurs fourrures contre des marchandises ordinaires. J'avais pour associé un métis, qui portait le nom pompeux de César Napoléon, et nous faisions d'assez bonnes affaires.

Mme César était une maîtresse ménagère en dépit d'un fond de saleté héréditaire qui faisait que notre logis n'était jamais propre. Mais quelle cuisinière ! Quand on la voyait, à l'exemple de ses congénères, se couvrir la tête d'un châle qu'elle ramenait sur son front, on pouvait être sûr que c'était pour aller au marché. Comme toutes les métisses, elle avait de grosses lèvres et le front étroit, ce qui ne la rendait point belle, et, en plus, elle fumait toute la journée, dans une pipe monumentale, du tabac mêlé à une écorce d'arbre, appelé *hort rouge*, dont l'odeur est assez pénétrante et le parfum s'amalgame assez bien avec l'arôme du tabac.

Quant à César lui-même, c'était le métis pur sang, avec les qualités et surtout les défauts de sa race. Il en avait aussi les traits distinctifs : l'œil brillant, le nez aplati, les joues saillantes, les cheveux d'un noir de jais, coupés à la hauteur des épaules, la tête coiffée d'une inamovible casquette de loutre, ornée d'une queue de renard argenté qui lui pendait dans le dos, et les mains ballantes à côté de gants fourrés attachés à une ficelle qui faisait le tour de son cou.

Comme vêtements, la tenue à l'européene, ou à peu près, très prétentieuse, d'ailleurs, avec une vaste ceinture de laine enroulée autour de la taille.

Il était infatigable à la marche, et c'est ce qui nous avait rapprochés. Je l'avais rencontré dans une forêt où je m'étais égaré ; nous avions fait route ensemble et, comme il me parut intéressant, et que j'avais besoin d'être secondé dans mon commerce, où il y avait beaucoup à faire, je l'avais pris avec moi.

Nous passâmes ainsi plusieurs mois ensemble, les Indiens ne venant faire leurs achats qu'au printemps ; et pendant tout ce temps, je n'eus qu'à me louer de lui ; à tel point que je résolus de mettre à exécution, après les échanges, un rêve longtemps caressé : celui d'accompagner dans la prairie et dans les forêts immenses dont il m'avait conté merveilles, mon grand ami *Natos-Apiw*, où le Vieux Soleil, l'un des chefs principaux de la grande tribu des *Pieds-Noirs*.

Je l'avais connu à la fin d'un été, et je ne devais le revoir qu'aux beaux jours. Cette année-là, l'hiver me parut interminable, ainsi que le printemps qui vint après. La nature reverdie, refleurie, s'échauffait sous un soleil réconfortant, le lac semblait un miroir incandescent, et je commençais à craindre que nos visiteurs habituels nous fissent faux bond. Enfin, un jour, plusieurs canots parurent à l'horizon, c'était l'avant-garde de nos acheteurs.

C'est un spectacle curieux, qui donne l'exacte mesure des mœurs candides, enfantines presque, des Indiens, que leur arrivée au *poste.* Il faut leur entendre conter ce qu'ils ont vu, ce qu'ils ont fait pendant leurs longues courses d'hiver et leurs fatigues et leurs prouesses, et leurs jeûnes interminables ; et les histoires, plus puériles les unes que les autres, recueillies par eux en route, et, dans lesquelles ils ont, cela va sans dire, figuré d'une façon merveilleuse.

Toutes les fois qu'un nouveau canot aborde, la troupe entière se précipite au-devant des arrivants, et alors recommencent les mêmes histoires, augmentées de celles apportées par ces derniers. Ce sont des joies, des rires, des étonnements sans fin, des exclamations qui retentissent comme un feu de mousqueterie, et des pantomimes des plus expressives à propos des plus petits incidents, des épisodes les plus futiles et des récits les moins dramatiques.

Puis, le soir venu, ils allument de grands feux au bord du lac, s'assoient autour, les jambes croisées, et prolongent la veillée jusque fort avant dans la nuit, avec redoublement de rires, d'extases et de racontars.

Le lendemain, ils vont faire leurs emplettes au magasin du poste, le magasin est bien, en vérité, ce qui peut le mieux leur convenir. On y voit de toutes sortes de marchandises, y compris les peaux de lapin noir, pour lesquelles les Indiens montrent une si grande admiration qu'ils les troquent volontiers contre des fourrures de prix, puis ce sont des articles de confection des plus variés : des étoffes de couleur voyante, même criarde, des couvertures de laine, qui se vendent soixante-dix francs la pièce et sont fabriquées spécialement à l'intention des postes d'échange.

Bien entendu, la bimbloterie, la verroterie et la quincaillerie jouent un rôle important dans les étalages, ainsi que les faux bijoux, les couverts en ruolz et les menus objets de toute nature, car les Indiens achètent de tout, et le plus qu'ils peuvent, avec le produit de leurs pelleteries. Ils tiennent aussi à la qualité et font choix des étoffes les plus belles et les plus coûteuses, ainsi que des flanelles les plus riches pour les doubler.

Rien n'est trop beau pour eux, ils brûlent de pouvoir dire à leurs squaws, (à leurs femmes), en les revoyant au *wigwam*, qu'ils leur apportent ce qu'il y avait de plus cher et de plus éblouissant dans le magasin.

Le *Vieux Soleil* vint à son tour, avec quelques gens de sa tribu, ses canots étaient pleins, à couler, de fourrures superbes. Il eut grande joie de me revoir, et poussa de grands AH ! et de grands OH ! en les accompagnant de bonds fantastiques quand je lui marquai mon intention de l'accompagner. Natos-Apiw m'avait pris particulièrement en affection parce que je lui donnais des leçons de français pendant son séjour parmi nous. Il ne le parlait pas mal, et même l'écrivait un peu. Ce qui avait, à ce sujet, fait son admiration, c'est la faculté que me donne mon excellente vue d'écrire en caractères si petits ; qu'il faut, lorsque j'en fait œuvre de curiosité : une loupe ou un microscope pour les déchiffrer. Et, en effet, je suis parvenu, à la suite d'un pari, à écrire la Marseillaise tout entière sur un timbre poste, et un autre jour à faire tenir 18.250 mots sur une carte postale. Ces exploits émerveillaient le

Vieux-Soleil, qui avait peine à faire tenir son nom sur une seule ligne.

Ses acquisitions faites, et il avait dévalisé notre magasin, nous nous disposâmes à partir.

Lorsque je communiquai mon projet à César Napoléon, il leva les bras au ciel, quoi ! Aurais-je le courage de le laisser seul pendant un an ? Et puis, quels dangers n'allais-je pas courir ?

Je lui expliquai que c'étaient précisemment ces dangers qui m'attiraient.

Alors, il me parla de nos affaires, des marchandises que nous avions à nous procurer pour la prochaine saison. Je lui répondis que mon absence ne pouvait être que profitable à nos affaires, attendu que, pendant qu'il se chargerait de l'écoulement de nos fourrures et de nos acquisitions de marchandises dans les villes où nous trafiquions habituellement, moi, je surveillerais les grandes chasses, le triage des peaux, le choix des plus belles, de sorte qu'aucun autre poste du Manitoba ne pourrait rivaliser avec le nôtre.

César insista ; je tins bon, mais je fus obligé de faire appel aux sentiments intimes de mon associé pour le convaincre.

Je lui dis combien je l'estimais et quelle confiance j'avais en lui.

Il me remercia, et, les yeux pleins de larmes, me donna mon exeat, après m'avoir embrassé à plusieurs reprises.

C'est alors qu'il me rappela la fameuse fumisterie dont j'avais été victime de la part du *Renard-Argenté* de la tribu des Sioux. Elle est assez curieuse pour mériter d'être racontée en quelques lignes.

J'étais seul. César Napoléon était sorti pour

nos affaires communes lorsque je reçus la visite du *Renard-Argenté.*

Notre factorerie ne semble plus qu'un point à l'horizon

C'était un Indien, subtil, madré, retors à rendre des points au plus finassier parmi les finauds normands. Il portait bien son nom et c'était sa ruse qui lui avait valu son nom de Renard et sa fortune celui d'Argenté.

Donc le susdit Renard-Argenté se présenta à moi :

— Je viens, me dit-il, t'offrir douze superbes fourrures.

Et il m'exhiba une peau d'ours d'une grande valeur.

— Où sont les autres ? lui demandais-je ?

— Attends ! je les ai laissées dehors. Je vais les chercher.

La maison avait deux issues. Il sortait par l'une et rentrait par l'autre, me présentant successivement douze fois la même peau.

J'étais sans défiance, très occupé par mes propres affaires et ne me doutant nullement de sa supercherie.

Quand je crus avoir vu les douze fourrures :

— Mets ton ballot dans l'arrière-boutique ! lui dis-je.

— J'y vais, me répondit-il.

Et un moment après :

— C'est fait. Règle-moi.

Je le payai. Ce ne fut que lorsqu'il fut parti depuis un long moment et déjà loin que je me déplaçai pour aller serrer mon précieux achat. Alors seulement je m'aperçus du subterfuge. Il n'y avait plus rien à faire et je pris le sage parti de rire moi-même tout le premier de ma mésaventure.

César, après m'avoir recommandé de ne plus me laisser duper, me serra une dernière fois cordialement dans ses bras.

Le lendemain, notre flottille gagnait le large, et bientôt, sur les bords du lac immense, notre factorerie ne me sembla plus qu'un point à l'horizon.

V

LE VIEUX SOLEIL

Natos-Apiw et l'Etoile vivante. — Essaim de bicyclettes. — Un match inattendu. — L'oreille jaune. — Les dévotions du Grand Soleil. — La Prairie. — Heureux bébés. — L'hospitalité indienne. — Crawfoot. — La tribu des Pieds *Noirs. — « Locké ». — Cordial accueil. — Le célèbre* Pied de Corbeau. — *La fête du soleil. — En l'honneur du Grand Manitou. — Apothéose.*

Natos-Apiw n'avait que des amis parmi les chefs indiens qui venaient trafiquer à Winnipeg ; mais on ne peut se dissimuler qu'il existait une certaine froideur, très digne d'ailleurs, et fondée sur de simples questions d'amour-propre, entre lui et le provincial Sapomaniko, ou l'Etoile-Vivante, qui gouvernait une tribu des Oreilles-Jaunes, au-dessus du territoire du Nord-Ouest. Un jour, celui-ci avait lancé son tomahawk dans le cœur d'un arbre, à une distance invraisemblable, et aussitôt, sans lui donner le temps de jouir de son triomphe, le Vieux

Soleil, ajustant son rifle, envoya six balles de suite s'aplatir sur le dos du fer de la hache. Le succès fut égal pour les deux chefs, et l'Etoile-Vivante en conçut une vive jalousie.

Ceci n'est pas une simple dégression, comme on pourrait le croire ; car nous allions avoir affaire à Sapomaniko. Il avait parié avec mon compagnon que, partant après nous, il nous dépasserait et arriverait le premier à un point où le chemin se bifurquait pour mener chacun à sa tribu. La route était assez bonne jusqu'à cet endroit, qui était une petite ville, dont j'ai oublié le nom, aussi ne fîmes-nous que rire des prétentions de l'audacieux Oreille-Jaune, lorsque, soudain, le soir même de notre départ du lac, nous fûmes rejoints par une horde de cyclistes, qui nous dépassèrent en nous accablant de sarcasmes. C'était l'Etoile-Vivante, qui avait pris, avec les siens, des leçons de bicyclette à Winnipeg, et qui, après avoir acheté quelques-unes de ces machines, s'en servait pour nous humilier.

« Voilà une bien vilaine action me dit Natos-Apiw ; d'autant plus que vous savez, une fois passé notre but, je veux être scalpé si Sapomaniko peut se servir dans la brousse, de son cheval à roulettes. »

— Et notre but est encore éloigné ? lui demandai-je.

— Quarante-milles environ.

— En ce cas, mon cher ami, soyez sans crainte, nous arriverons avant Sapomaniko.

— C'est impossible !

— Moi, je vous dis : c'est certain ! »

Le lendemain à l'aube, nous trouvions un Oreille-Jaune endormi auprès de sa bécane en morceaux, dans la matinée, trois autres Indiens gisaient fourbus sur la chaussée.

Ceux que nous vîmes ensuite étaient à moitié morts... Natos-Apiw se désolait. J'avais beau lui dire : « Patience ! nous arriverons avant l'Etoile-Vivante », il ne voulait pas me croire. Aussi, quel ne fut pas son étonnement lorsqu'au soir tombant nous aperçûmes l'infortuné chef affalé sur la route, geignant, moulu, brisé. Nous lui fîmes prendre un cordial qui le réconforta, mais auquel il fit si bien honneur qu'il ne tarda

Natos-Apiw

pas à tomber de tout son long à terre et s'endormir profondément. Le lendemain, quand nous partîmes, alertes et reposés, Sapomaniko ronflait avec le vacarme d'une sirène à vapeur.

En passant dans un bourg où il y avait une église, Natos-Apiw, bon catholique, fit ses dévotions annuelles. Il se confessa, communia et fit un beau cadeau au révérend père qui réside en cet endroit. Puis nous reprîmes notre route, maintenant en pleine nature vierge, la plaine succédant à la plaine, et la forêt à la forêt.

Si j'avais l'imagination d'un conteur exotique, je ne manquerais pas d'aligner ici toute une série d'aventures aussi pittoresques qu'imprévues et saisissantes.

Mais, la vérité m'oblige à déclarer que dans notre course à travers le Manitoba et une bonne partie du territoire du Nord-Ouest, nous n'eûmes à nous plaindre que de quelques reptiles un peu familiers dont la morsure se combat par l'ivresse due à une absorption considérable de whisky. Nous avions aussi à souffrir des sauterelles et des piqûres de maringouins qui pullulent par myriades dans ces parages; sauf ces petits inconvénients absolument inévitables dans le Manitoba surtout.

Pour moi, le ravissement était continu.

Tout m'intéressait, me surprenait, et, toutes les fois que nous sortions d'un bois, j'étais pris d'une indéfinissable émotion en voyant se dérouler devant moi la prairie émaillée de fleurs, qui, verte d'abord, se continuait en teintes jaunissantes jusqu'à l'horizon, où elle formait une bande d'or, étincelante de soleil. Cela ne me rappelait rien, et, dans ces moments-là, cependant, je pensais à la France. Pourquoi ?... Parce que tout ce qui est grand et beau évoque l'image de la Patrie.

Souvent, nous rencontrions des tribus à demeure fixe ou nomades, et c'étaient toujours des effusions comme au lac Winnipeg.

A notre vue, les feux s'allumaient d'eux-mêmes, et les ménagères troussaient les rôtis.

Ah ! les douces nuits calmes, dans l'immensité de la plaine endormie, ou, dans le bois, sous la cathédrale des arbres immenses. C'était le foyer se révélant à moi, qui, enfant, n'avait pas connu les tendresses du *home*. Je voyais souvent, accrochés aux arbres ou à un wigwam, sur notre passage, bien lacés dans leur layette ornée de grains de porcelaine, de grelots et d'autres petits riens, des *papeausses* (bébés) crevant de santé, rouges comme des petits homards, et attendant patiemment le retour de la maman, en corvée... Heureux bébés !

Nous avions un long parcours à fournir, car la tribu des Pieds-Noirs — les Blackfoots — occupe une réserve nommée Crawfoot, qui touche aux Montagnes Rocheuses. Natos-Apiw avait hâte d'y parvenir pour figurer à la fête traditionnelle de la contrée, qui se célèbre le 1er juillet ; mais il se laissait attarder en route. C'était partout des festins pantagruéliques et des veillées interminables.

Un jour, je lui fis observer qu'à ce compte nous n'arriverions jamais, mais il me répondit qu'il ne pouvait priver ceux que nous rencontrions du plaisir de nous avoir avec eux.

Je lui dis combien j'étais touché de cette hospitalité si franche, si cordiale, si spontanée ; mais, malgré tous ses efforts, il ne put jamais se faire une image exacte de ce mot : *Hospitalité.* Un homme rencontre un autre homme, n'est-il pas naturel qu'il mange et loge chez lui ? Je n'ai jamais pu le faire sortir de là. Bien plus, il me disait :

« Le voyageur est l'envoyé du Grand Manitou. Il apporte à mon wigwam la bénédiction céleste. Et quand ce serait un ennemi, il est sacré pour moi et je le défendrai jusqu'à la mort. »

C'est ainsi que nous cheminions, lentement... pour ne pas fatiguer notre escorte, chargée de marchandises ; — c'est, du moins, le prétexte invoqué par mon compagnon. Les semaines se passaient. Enfin, un beau jour de juin, après avoir traversé des villes et franchi des steppes sans nombre, nous arrivâmes en vue des Montagnes Rocheuses. Le spectacle était des plus beaux ; l'immensité du coup d'œil me donnait presque le vertige.

— Vous voyez, là-bas, là-bas, me dit Natos-Apiw, ce pli de terrain, où il y a des arbres qui, à moi, m'apparaissent comme des brins de duvet.

— Parfaitement.

— Eh bien, au-delà, c'est tout de suite Crawfoot-Crossing, où je suis roi après Dieu et le Pied-de-Corbeau, grand chef de la Tribu des Pieds-Noirs, que vous verrez le 1er juillet, car il honore ce jour-là de sa présence, la fête du Soleil, chez moi. En attendant, nous serons encore à temps ce soir à Crawfoot, pour y célébrer l'adoration de l'astre du jour.

Nos compagnons de route eurent ordre de se presser. Nous fîmes pas double, et, en effet, nous arrivâmes, quelque temps avant l'heure du soleil couchant, aux premières huttes isolées, qui sont comme les avant-postes du gros du village. Nous avions été vus, et le peuple se portait en foule à notre rencontre. Tout ce monde semblait inquiet, et le mot koké venait à nos oreilles, prononcé par une centaine de voix au moins. « C'est le cri de mort des vieux, m'explique Natos-Apiw ; mes sujets demandent s'il ne nous est point survenu de malheurs, si nous revenons au complet. — Loké, » c'est-à-dire : tout va bien ! répondirent nos hommes, et, aussitôt, la tribu, mise en joie, d'accourir pour féliciter les arrivants.

Pendant les premières effusions, je pus, à loisir, contempler mes futurs camarades.

Les hommes avaient le visage cuivré, les yeux

creux, noirs et brillants, les lèvres épaisses, le nez saillant, la bouche très fendue. Ils étaient en tenue d'été, c'est-à-dire fort succinte : un brayer, ou pagne très court, et c'était tout. Les tatouages et les peintures à couleurs vives qui s'étendaient de la racine des cheveux à la plante des pieds complétaient, il est vrai, un ensemble assez présentable ; mais ce qui était affreux, c'étaient leurs doigts, leurs poignets, leurs oreilles, à moitié rongés par les anneaux de cuivre qu'ils s'y mettent. Quelques-uns avaient la tête garnie d'une banderolle de peau qui leur tombait jusque sur les épaules ; c'étaient les notables de l'endroit.

Quant aux femmes, je fis la remarque qu'elles étaient plus bronzées que les hommes. Elles portaient une robe liée sur les épaules avec des ficelles, nouée autour de la taille par une bande servant de ceinture, et descendant jusqu'aux genoux. Les pauvres créatures n'étaient au physique guère mieux partagées que leurs maris, et cependant, un sentiment de vanité ou de coquetterie leur avait suggéré quelques ornements destinés à rehausser l'éclat de leur parure. D'aucunes avaient orné leur robe de broderies en soie de porc-épic, et les jeunes filles étaient toutes couvertes de colliers, de chaînes, de bracelets et de boucles d'oreille en porcelaine blanche du pays.

Tout ce monde gambadait, sautait, hurlait à qui mieux mieux au son d'un tambour qui rendait un son clair. Mais, à un moment, Natos-Apiw imposa le silence, et, me prenant par la main, il me présenta à la tribu. Ce fut alors une véritable ovation, et je puis dire, sans fausse honte, que je fus, pendant cet instant, l'objet de l'admiration générale.

Les femmes et les filles pressaient autour de moi leurs têtes curieuses à la façon d'une hydre, mais d'une hydre aimable. Les enfants palpaient mes effets, qu'ils trouvaient beaux. Et, finalement, les hommes vinrent m'assurer de leur dévouement. Je m'attendais à des frottements de nez, en manière de bienvenue ; mais il faut croire que la mode en est passée, car il n'y eut entre les Pieds-Noirs et moi qu'un échange de cordiales poignées de main.

Nous avions grand'faim, mais le soleil allait se coucher, et cet événement dominait toute autre préoccupation. Sans même se débotter, Natos-Apiw se mit en devoir, comme chef et comme prêtre de la tribu, de procéder à l'adoration du Grand-Esprit, du grand « Manitou », incarné dans les rayons ignés d'Apiw, le Soleil. Je l'avais vu communier saintement chez le révérend ; maintenant, c'était lui qui était l'officiant. Et il s'en tirait, ma foi, fort grassement. Il se tourna successivement vers l'Orient et vers l'Occident, et, tandis que la boule enflammée, mettant de l'or plein la prairie, s'enfonçait à vue d'œil dans une brèche de la montagne, il demeura debout, les bras ouverts, au milieu de son peuple prosterné, remerciant Apiw de ce qu'il daignait réchauffer les humbles mortels de ses rayons et de ce qu'il faisait croître et pousser toutes choses. La prière, l'adoration plutôt, dura jusqu'à ce que les pics et les crêtes, allumés d'aigrettes et de dentelles de feu, se fussent éteints, et que la découpure des monts, rouge d'abord, puis rose, eût pris une teinte crépusculaire, car il importe d'expliquer à nos lecteurs que depuis la conversion des tribus indiennes au Christianisme par les missionnaires venus d'Europe, les évangéliser, celles-ci n'ont point perdu le culte des traditions anciennes.

Les missionnaires ont essayé, mais en vain, de les leur faire oublier. Ils se sont heurtés à une difficulté insurmontable.

— D'ailleurs, disent-ils aux missionnaires : « En adorant le soleil nous adorons la plus grande, la plus sublime création du Grand Manitou. C'est le Soleil qui nous révèle le mieux la puissance et la bienfaisante fécondité.

Et les Indiens ont toujours continué à célébrer la fête du Soleil.

Mais ce n'était là que la petite fête avant la grande. Le 1er juillet approchait, et, ce jour-là, tous les Pieds-Noirs de la Réserve devaient venir à Crawfoot, qui est la ville sainte de la contrée. Ils avaient aboré leurs plus belles parures et soigné leurs coiffures, ornées de plumes d'aigles et de toutes sortes de petits animaux, luisants, rampants et même vivants. La mode de ces derniers s'est propagée depuis dans les salons les plus aristocratiques des Etats-Unis et du Canada ; ce qui prouve qu'on n'est pas sauvage que dans le Far-West.

Je connus donc ce jour-là Crawfoot lui-même, le célèbre Pied-de-Gorbeau, — c'est la traduction du mot anglais, — qui me parut assez majestueux et fut très poli avec moi. Il parlait le français comme s'il sortait de Chaptal, mais je ne saurais dire pourquoi Natos-Apiw me parut encore plus solennel. Il incarnait, en quelque sorte, le Soleil, son patron. En grand costume de guerre, comme au temps des aïeux, avec, cependant, en signe de concession aux temps modernes, un pardessus et un pantalon qui venait de notre Poste, il m'apparaissait comme un prophète des âges écoulés. Il portait en tête un plumeau gigantesque ; son col cassé abritait tout un monde de fétiches et de médailles de sainteté ; et, en mains, il tenait, avec ostentation, le calumet d'une paix que rien ne troublait plus.

La guerre, ou plutôt le souvenir de la guerre, fut cependant célébré bruyamment en ce jour mémorable. Il y eut, après le service religieux en l'honneur du Manitou, une sorte de pantomime rappelant les anciens usages. Au premier tableau, quelques figurants, représentant des ambassadeurs d'une puissance rivale, apportèrent des cadeaux consistant en fourrures et en colliers de porcelaine. A chaque cadeau était attaché une demande ou une proposition. Les pourparlers durèrent longtemps, et un moment les Pieds-Noirs hésitèrent ; ils furent sur le point d'accepter le tabac des plénipotentiaires et d'en bourrer le calumet vert, emblème de la paix. Mais ils se reprirent. Un chef, après un monologue furieux, abora le calumet rouge.

C'était la guerre.

Le reste de la pièce se devine : batailles, surprises, traits d'héroïsme ; — et aussi comme à l'Ambigu, traits de désintéressement ; — puis retour, Koké-Laké triomphe ; — et, pour apothéose, le coucher du Soleil, selon le rite habituel, avec encore plus de pompe pour la circonstance.

Décidément, mon ami Natos-Apiw était un habile metteur en scène.

VI

LE CHANT DE MORT

Musique étrange. — Quel est ce chant. — L'explication de Natos-Apiw. — Hymne de guerre et de mort. — Le texte exact. — Ma fantaisie poétique.

Un jour, nous devisions avec mon ami Natos-Apiw, quand j'entendis, dans le lointain, un groupe de Pieds-Noirs qui chantaient une sorte d'hymne dont, à cause de l'éloignement, je ne pouvais saisir les paroles.

Le rythme était solennel, d'abord calme, puis s'accentuant comme dans un mouvement de colère. Je fus saisi et ne pus m'empêcher de demander à Natos-Apiw :

— Quel est donc ce chant qui vient de si fortement m'impressionner, je ne m'explique pas pourquoi.

— C'est vrai, me répondit-il, vous ne le connaissiez pas encore.

Et il ajouta :

— C'est à la fois un chant de guerre et un chant de mort. C'est celui que chantent tous les guerriers indiens, non seulement de la tribu des Pieds-Noirs, mais de toutes celles qui existent encore dans le Nord-Amérique. On l'apprend aux enfants dès leur plus tendre jeunesse. C'est une mélopée d'abord lente, puis énergique et saccadée. Alors, ce n'est plus un chant, mais un cri dans lequel vibre toute la puissance de notre haine pour l'étranger envahisseur, tout notre amour de la liberté, toute notre foi dans une vengeance future alors que nous retrouverons nos ennemis dans le Paradis réservé à ceux qui sur terre auront toujours vaillamment et noblement combattu pour la défense de leurs frères opprimés et l'indépendance de la Patrie.

— Je voudrais bien le connaître ? insistai-je.

— Qu'à cela ne tienne, me répondit mon interlocuteur.

Je pris un crayon et sur un morceau de papier j'écrivis sous la dictée même de Natos-Apiw, l'hymne indien que je traduis aussi fidèlement que possible en français.

Le voici :

I

« Libre, fier, à travers les vastes forêts j'allais
Suivant le sentier de la guerre. Au milieu des lianes, caché
Aux yeux de tous, je priai le Grand-Etre de livrer nos ennemis
En notre pouvoir.

II

« J'allais en avant quand l'étranger m'a surpris.
Il va me livrer au supplice. Je n'en ai pas peur. Je ne dirai

Jamais où sont nos wigwams, jamais l'étranger n'y pourra
Pénétrer.

III

« Ils ont des cœurs mous, ces hommes au
Visage pâle. Oui ! vous pouvez déchirer mes chairs, faire craquer
Mes os sous la tenaille, les tortures me seront douces venant
De vous.

IV

« Vous pleurez vous autres, mais nous Indiens !
Jamais nous ne versons une larme. Torturez ! meurtrissez mes
Membres. Plus tard, dans le ciel des guerriers nous vous reverrons
Et nous scalperons vos crânes pour y boire votre sang ».

J'ai cru devoir d'abord en donner le texte exact. Maintenant — que mes lecteurs me pardonnent — je me suis livré à une petite débauche poétique. J'ai essayé de mettre en vers français ce chant indien. J'ai fait de mon mieux. Ai-je réussi ? je l'ignore. Toutefois, je livre à la publicité mon factum tel qu'il a jailli de mon cerveau. Aux autres à le juger.

I

Fier et libre, j'allais naguère
A travers les vastes forêts
Suivant le sentier de la guerre
Pour moi si beau, si plein d'attraits

J'allais invoquant le Grand-Etre
Et le priant en fils soumis
De faire à jamais disparaître
Le dernier de nos ennemis.

II

J'allais et précédais mes frères
Pour les prévenir du danger
Quand, dans les forêts solitaires
Je fus surpris par l'étranger.
Ma mort maintenant est certaine
Mais que m'importe le trépas
Notre retraite est trop lointaine
L'ennemi ne l'atteindra pas.

III

Hommes au visage de femme !
Au cœur mou : vous pouvez bientôt
Me mettre à la torture infâme
Clouer mes membres au poteau.
Broyez mes os dans vos supplices !
Déchirez, tenaillez mes chairs
Je n'y trouverai que délices
Car vos supplices me sont chers.

IV

Indiens, nous n'avons pas de larme
Comme vous que l'on voit pleurer,
Nous ! votre cruauté nous charme
Et vous pouvez nous torturer
Mais plus tard, dans les empyrées
Lorsque nous nous retrouverons
Alors, de vos chairs déchirées
Nous ! C'est le sang que nous boirons.

Et voilà ma modeste poésie. Est-elle bonne ? mauvaise ? Que m'importe ! Je crois qu'elle exprime bien le chant des Pieds-Nors et de toutes les tribus éparses qui végètent encore sur le sol américain.

VII

LA VIE LIBRE

Le trappeur Gallot. — La Fête de la Médecine. — Le docteur La Poudre. — *Le bon et le mauvais esprit. — La chasse est contremandée. — Mes petits talents de société. —* Tayaut ! Tayaut ! *chez d'honnêtes gens.*

L'été passa vite, en chasses d'agrément, en pêches, en flâneries de toutes sortes. Mais l'hiver vient promptement au Canada, et l'on dût songer aux préparatifs en vue des grandes expéditions. Les femmes mirent donc en état les habits fourrés de leurs maris. Je fus également équipé en trappeur, et je n'y faisais pas mauvaise figure. Il est vrai qu'on m'avait gâté. Mon complet, en zibeline, s'il vous plaît, était brodé sur toutes les coutures d'ornements en soie de couleurs éclatantes; j'avais aux jambes des bradines en poil de porc-épic, mêlé de verroterie; et mes mocassins, en peau de chevreuil, les meilleurs pour la raquette, défiaient toutes les froidures.

« Quand partons-nous ? demandai-je, très impatient, au grand chef.

— Je ne sais au juste, me répondit Natos-Apiw; le jongleur va venir pour la fête de la Médecine; il décidera de notre sort; je ne fais jamais rien sans le consulter.

— Comment, vous, bon chrétien, vous croyez aux sorciers ?

— Il me faut bien quelqu'un pour me mettre en rapport avec les esprits, puisque, depuis mon baptême, j'ai perdu toute communication avec eux. Autrefois, je causais avec eux comme je cause avec vous. Maintenant, ils me tiennent rigueur. Et puis No-ga-tai-ké — la Poudre — n'est pas un sorcier. Il a passé par un long noviciat pour avoir droit au titre de jongleur, ou faiseur de médecine. Il a jeûné; il a couché pendant des années sur des branches d'arbres, recueillant ses rêves, dans la pensée qui lui viennent des esprits; il a appris les remèdes au son du tambour de peau humaine; il a bourré son sac de médecine, fait de la fourrure d'un animal entier et de petites images en bois, qu'il a eues en récompense de son travail; et quand il a eu payé, très cher, son initiation, il a eu le droit d'exercer son art. Vous verrez que c'est un homme très agréable. Et si vous saviez comme il fait des choses surnaturelles. Il vous changerait de l'eau en vin, comme Notre-Seigneur... »

Le jongleur vint, et j'avoue qu'il ne me plut guère. Il exécuta des tours comme un joueur de gobelets de troisième ordre n'en ferait pas. Puis, il fit éteindre les feux au moment où on allait faire le dîner, ce qui était, entre nous, le plus mauvais tour qu'il put faire; ensuite il brûla des aromates qui sentaient fort mauvais; et quand la nuit fut venue, il se retira sous une manière de cloche à claire-voie en forme de crinoline, pour chasser, à la lueur de torches tenues par quelques notables, dont j'étais, le mauvais esprit, l'anti-manitou.

Il demanda tout d'abord si personne n'était malade dans la tribu, et comme on lui dit que tout le monde se portait bien, il marmotta :

« Mauvais signe ! »

Alors, il se livra à toutes sortes de contorsions, d'imprécations et de malédictions, se heurtant aux parois de la cloche, qui, fournie de grelots, tintait comme un chapeau chinois. Par moments, il entonnait un chant guttural, auquel répondaient les oua ! oua ! oua ! ho ! ho ! de mes voisins. C'est là, ce qu'on appelait la fête de la Médecine. Pendant ce temps, Natos-Apiw s'était retiré dans sa cave, et, entouré des siens, lisait dans un Eucologe, de la maison Mame, de Tours, à la queu-leu-leu. les prières du matin et du soir, et les saints offices, et les litanies, depuis le premier verset jusqu'au dernier.

Au matin, le jongleur, délivré, déclara qu'il n'y avait pas lieu de partir en chasse, ou du moins qu'il fallait remettre la partie. C'était là une anicroche à laquelle je n'avais pas songé. Un ami de la tribu m'en donna la raison. Ma présence irritait les esprits. Natos-Apiw lui-même, n'était pas éloigné de me donner le conseil de m'en retourner au lac Winnipeg. Pour le coup, ce fut trop fort, et je dis à ceux qui m'entouraient, No-ga-tai-ké présent :

« Cet homme passe pour être en relations avec les esprits : moi, je le suis bien plus que lui, et je le défie bien de faire ce que je fais. »

Il y eut un sourire d'incrédulité dans l'auditoire.

Alors, je demandai à Natos-Apiw s'il avait un jeu de cartes, ce dont je ne doutais pas, car je lui en avais vendu au Poste; — il est vrai qu'il les employait comme objets de toilette — et je me mis à lui faire une partie de bonneteau...

Ah ! pardon ! je ne suis pas bonneteur; mais enfin, on connaît son Paris, et j'en ai remontré à bien des bonneteurs.

Ensuite, je fis sauter la coupe des deux mains, et d'une main, j'escamotai sa montre au grand chef, son amulette à un de ses lieutenants, et j'annonçai, pour le soir, la Malle des Indes, à l'instar de M. Robert-Houdin, mon maître en médecine, et le plus grand jongleur de l'univers.

Je n'eus pas besoin d'aller jusque-là.

Mon pouvoir surnaturel avait convaincu tout le monde, et Natos-Apiw craignit un instant que je lui fis ombrage. On se disposa donc pour le départ, sans prendre garde aux avis de No-ga-tai-ké; les chasseurs se mirent en tenue de campagne, pour être prêts, au matin, et, le soir même, on fustigea les chiens, suivant la coutume, pour les préparer aux corrections qui peuvent les attendre en route... Et pourtant qu'ils en méritent peu, les pauvres chiens ! Ils forment l'attelage des traîneaux, souvent bien chargés; ils veillent de nuit, autour du campement; quelquefois on les mange à défaut de chevreuil.

Nous partîmes donc en chasse, comme nos ancêtres partaient pour la croisade. C'était très solennel, et les squaws pleuraient. Nous n'étions pas cuirassés comme les compagnons de Philippe-Auguste, ni enfeutrés comme les mousquetaires du cardinal de Richelieu, ni même montés comme les cow-boys du Far-West, que j'ai bien connus aussi, mais simplement équipés, embrigadés et classés pour la battue quotidienne, diurne et nocturne, à pied, sous bois ou dans la plaine.

Ah ! les belles chasses ! que de gibier !

Les pièces rares succèdent aux pièces rares. Orignaux, martres, castors, renards bleus, zibelines, etc., tombent sous les balles comme en un jeu de massacre. Les pauvres bêtes ne savent pas se garder, et les chiens en ont leur poids à traîner. Et donc, quels festins! Du chevreuil à tous les repas, et pour menus plats, des oiseaux exquis, du poisson frais et des conserves de légumes, dont nous étions abondamment fournis. De temps à autre, nous avions un trop plein de pelleteries. Alors, nous les laissions à n'importe quelle tribu en passant, sûr de les retrouver au retour.

Pour donner une idée de la loyauté qui règne dans ce monde des gens qualifiés de sauvages, je raconterai ce fait dont j'ai été témoin maintes fois. Certaines tribus sont jalouses de leur droit de *chasse gardée.* Alors, les plus belles pièces pouvaient partir devant nous, nos fusils restaient muets. Quelquefois la faim, nous prenait, et nous tuions des animaux comestibles. dont nous mangions la chair, mais dont les peaux étaient religieusement envoyées au premier wigwam que nous rencontrions.

VIII

JOURS TRISTES

La vie libre. — Une fin tragique. — « Kokél » — Un misérable. — Les funérailles. — Qui a fait parler la poudre ? — A discours, discours et demi. — J'ai vengé mon ami. — Allons plus loin.

Oui, ce sont de braves et d'honnêtes gens que les « sauvages », et je compte pour le meilleur de mon temps celui que j'ai passé avec eux. Cette période de chasse, c'était bien la vie libre, telle que je l'avais rêvée. — Hélas !... pourquoi faut-il qu'un affreux drame soit venu brusquement y mettre fin.

Un jour, nous poursuivions un troupeau d'orignaux qui nous déroutait et nous donnait beaucoup de mal. Il fallut, pour chercher à les prendre, organiser un mouvement tournant. Natos-Apiw attaqua de front; un autre chef, ayant à ses côtés No-ga-tai-ké, se tenait à gauche; moi, j'étais à droite. Nous fîmes une conversion sur les deux ailes, et, à un signal donné, le feu s'engagea sur les trois lignes. A ce moment, un cri, — un cri que je n'oublierai jamais, — retentit au centre. C'était mon ami Natos-Apiw qui venait de recevoir une balle à la tempe gauche...

Ah ! les Indiens tirent bien.

Pour moi, il était certain que Natos-Apiw n'avait pas été frappé par une balle égarée, mais bien victime d'un assassinat longuement, froidement prémédité et traitreusement exécuté. C'est ce que je me promis d'éclaircir.

Je ne pouvais encore soupçonner quel était le meurtrier, mais je me résolus à me livrer à une enquête secrète qui, d'après moi, devait m'amener à la découverte certaine du véritable coupable.

La mort de Natos-Apiw venait de changer d'une façon complète la face des événements. Au lieu de la grande joie qui régnait dans notre troupe, il se fit un morne silence, et la plus sombre tristesse régna parmi nous.

Alors, plus de chasse ! l'hiver était en toute son horreur. Sur la civière où l'on rapportait le chef, la neige formait un linceuil, toujours reblanchi. Les chiens, tout au long du chemin, hurlaient à la mort.

Les compagnons, sombres, se suivaient grommelant des mots inintelligibles, et me regardaient d'un mauvais œil.

J'avais été à l'encontre du jongleur, et voilà ce qu'il en résultait. Aux endroits où nous avions laissé des peaux, mes compagnons en faisaient abandon aux tribus qui les avaient gardées. Ils y joignaient même toutes celles que nous avions avec nous; de sorte que nous parvînmes à Crawfort-Crossing, les mains vides.

Je redoutais cette rentrée; et, en effet, elle

fut navrante. La population se précipita au-devant de nous, comme au jour où j'avais vu, pour la première fois, la consécration, l'hommage au soleil. Ah ! il n'était plus de la fête, à ce moment, le soleil. Le temps était lugubre, sinistre. De loin résonnaient les koké interrogatifs de la foule.

L'écho leur répondit :

« Koké ».

Le spectacle fut des plus lamentables. Les femmes, les enfants, poussèrent des cris aigus... Qui était mort ? — Le chef !... La consternation se lisait sur tous les visages, même sur celui de No-ga-tai-ké. — Durant la route, je l'avais observé avec soin, et j'avais vu de quelle façon prudente il s'efforçait de m'éviter. Cette attitude fit surgir des soupçons dans mon esprit et bientôt ils y prirent un corps, une consistance réelle. Je fus convaincu que le jongleur seul avait pu être capable de l'assassinat de l'infortuné Natos-Apiw. Je le regardai fixement, nos yeux se rencontrèrent, il détourna la tête. Alors, j'eus la preuve certaine que ma conviction était bien établie et que No-ga-tai-ké était l'assassin de Natos-Apiw.

On se demandera pour quel motif ?...

La réponse est simple. J'avais ébranlé le crédit du jongleur. Si l'expédition se terminait heureusement, c'en était fait à jamais de sa puissance. Il lui fallait frapper haut pour reconquérir son prestige; — et il frappa le vieux chef, pour lequel il avait eu toujours une sourde haine. C'était également un moyen de tirer vengeance de mon attitude envers lui; car, il était certain qu'après les funérailles du Vieux-Soleil, les Pieds-Noirs ne manqueraient pas de me faire un mauvais parti.

J'eus un instant l'idée de m'enfuir, mais j'étais retenu par mon désir d'assister aux funérailles de mon ami, et puis, je ne voulais pas laisser le dernier mot à son meurtrier, d'ailleurs il importait que le criminel fut ouvertement démasqué et reçut le juste châtiment de son abominable forfait. Je me fis en moi-même le serment de demeurer dans la tribu quoiqu'il en dut m'arriver et en même temps celui plus grave de m'ériger en justicier et de frapper moi-même le coupable.

Les premières heures qui suivirent notre arrivée furent consacrées au souvenir. Le peuple se retira dans ses foyers, les hommes pour méditer, les femmes pour pleurer.

Ensuite, celles-ci firent la toilette du mort, qui fut revêtu de ses plus beaux ornements ; puis, elles préparèrent leur deuil qui, chez les Pieds-Noirs, se portent aux jambes. Les malheureux se lacèrent le gras du mollet, et les squaws se coupèrent le bout de leurs doigts de pieds.

Natos-Apiw avait laissé des instructions pour ses obsèques. Avant d'être enterré au cimetière catholique, il tenait à faire une station au champ de repos païen, et c'est pour lui rendre cette visite profitable que ses proches avaient placé dans son cercueil sa pipe, du tabac, son briquet, son fusil de chasse, de la poudre et du plomb ; car, tout, chez ce peuple primitif, se rapporte à la chasse. Les cercueils sont déposés sur des fourches en bois, hautes d'un mètre environ, et l'on veille avec soin à ce qu'ils soient suffisamment écartés les uns des autres, afin que les morts puissent tuer assez de gibier pour suffire à leur nourriture. Afin de leur faciliter leurs approvisionnements, on va même jusqu'à couper les bois environnants pour que le gibier ne puisse s'y cacher.

Après la levée du corps à laquelle avait présidée No-ga-tai-ké, le convoi se mit en route pour le cimetière des aïeux, où le cercueil de Natos-Apiw devait séjourner jusqu'à ce qu'un missionnaire errant, et il y en a beaucoup qui parcourent les tribus, le fit transporter en terre sainte. Une longue série de rites bizarres, de chants, de danses et de simulacres de chasse suivit. Puis le jongleur s'avança pour tenir un discours. Je savais assez le dialecte pied-noir, pour le comprendre. Il parla d'abord des vertus du défunt ; il exalta sa vie, toute d'honneur et de probité.

« Oui, disait-il, tout a souri au Vieux-Soleil, jusqu'au moment où un étranger, fils des massacreurs de notre race, est venu prendre place à son foyer... »

A ce moment, je pensais :

« Cela va aller mal !... » Mais je laissais mon homme continuer.

Enhardi par mon silence, il s'embarqua dans la triste issue de la chasse ; il montrait la tribu ruinée par la faute... de qui ?... de l'étranger ; puis il aborda la mort de Natos-Apiw. Une balle égarée par un mauvais sort avait atteint le chef...

A ce moment, je m'écriai :

« Il n'y a pas eu de mauvais sort, il n'y a eu qu'un assassin... Tu t'appelles la Poudre, et c'est toi qui a fait parler la poudre. »

A ces mots, affolé de colère, le jongleur leva la main sur moi... Je ne lui laissai pas le temps de la laisser retomber. D'un coup de crosse de pistolet, je lui fendis le crâne...

Il s'affala près de moi râlant.

Le peuple était haletant. Instinctivement tout le monde s'agenouilla.

« Mes amis, dis-je, ne croyez plus aux jongleurs. Je ne suis pas plus sorcier que ce misérable; je suis un vengeur, j'ai vengé le Vieux-Soleil... Et maintenant, adieu ! Merci de votre généreuse hospitalité. J'ai goûté parmi vous le bonheur de la vie... Adieu !... Paix à vous !... Adieu ! »

Un chien, qui m'avait pris particulièrement en amitié était près de moi. Me voyant partir, il me suivit... Au bout d'une heure, nous avions déjà fait quelques milles

---

X

LES VRAIS SAUVAGES

Sur les frontières du Texas et du Nouveau-Mexique. — A l'auberge. — Une troupe de Bullys. — *Le* Pied-Tendre. — *Consommation forcée. — Après boire, danse. — La revanche de Cold Colorado. — Un quadrille mouvementé. — Une lynchette. — Sus à la prison. — Les terreurs de Tom Zizi. — La caque au goudron. — Tout le monde s'amuse. — Un récit de Cold Colorado. — Un train arrêté. Grant danse une gigue.*

Ah ! oui, j'en ai vu, en Amérique, des sauvages ! J'en ai fréquenté de toutes les nuances de cuivre, depuis celle de la bassine à confitures jusqu'à celle du plat à barbe qu'on voit à la porte de nos coiffeurs. J'ai vécu tant aux Etats, qu'au Canada, chez les Gros-Ventres, chez les Cris, chez les Sauteurs ; j'ai passé une saison chez les Abinakis, de Saint-François du Lac, qui de mon temps n'étaient plus que 330; j'ai servi, en qualité de valet de ferme chez les Hurons, qui, moins nombreux encore, cultivent la terre, près de Québec ; j'ai mené la vie de trappeur avec les Sioux, qui sont bien les plus doux des humains ; j'ai connu les Apaches, les Osages, les naturels du Public Land. Eh bien ! je le déclare : en cette bigarrure qu'on appelle l'Amérique, les plus sauvages ne sont pas ceux qu'on pense.

Dans un village sur les frontières du Texas et du Nouveau-Mexique, j'ai assisté un jour à une scène, où ne figuraient que des Visages-Pâles, et qui laisse bien loin derrière elle tout ce qu'on peut imaginer en manière de sauvagerie. J'ai écrit cet épisode le lendemain du jour où il avait eu lieu, et je le transcris sans y changer un mot.

Après avoir marché depuis trente-six heures sur une voie de chemin de fer tellement recouverte de brousse que, m'en écartant parfois, inconsciemment, je ne la retrouvais que grâce aux ossements blanchis d'animaux divers jetés hors les rails par le chasse-neige des locomotives, j'entrai dans une auberge où l'on menait grand bruit. Une troupe de cowboys, de bullys, comme on dit dans le pays, buvait et jouait aux cartes, revolver sur la table, en se querellant. Mon entrée passa inaperçue, mais il n'en fut pas de même de celle d'un tout jeune homme qui vint prendre place à une table voisine de la mienne. Il portait le costume des riches Texiens, avec le vaste sombrero qui ombrageait sa figure imberbe.

« *Tender Foot*, pied tendre », se dirent les joueurs, en se poussant du coude.

Et l'un d'eux, se détachant du groupe :

« Holà, jeune homme, venez boire avec nous. »

L'étranger, qui s'était fait servir, refusa poliment. Alors l'autre insistant :

« Je vous dis que vous allez venir boire avec nous. »

En prononçant ces mots, il lui mettait son revolver sous le nez.

« Tout beau ! tout beau ! fit le jeune homme ; ne nous fâchons pas pour si peu ; je ne recule jamais devant un bon verre de viskey, et je ne doute pas que le vôtre soit excellent. Donc, messieurs, à votre santé !

— Allons ! voilà qui va bien « dirent *les bullys*. »

Et tout le monde trinqua.

Mais lorsque l'imberbe eût vidé, à trois ou quatre reprises, son verre, celui qui lui avait tout d'abord adressé la parole reprit :

« Et maintenant vous allez danser.

— Danser ? mais je ne sais pas danser.

— N'importe ! nous ne sommes pas difficiles.

— Jamais je n'oserai.

— Nous voulons pourtant que vous dansiez pour nous amuser. Plus vous danserez mal, plus nous nous amuserons. »

Et le revolver de recommencer ses menaces.

Ah ! j'avoue qu'à ce moment-là, si le malheureux garçon avait fait un signe, je sautais auprès de lui, et c'est bien le diable si, à nous deux, nous n'avions pas fait du grabuge dans le groupe des buveurs.

Mais il s'exécuta.

« Allons-y, puisque vous le voulez. »

Et il dansa la cachucha, la gigue, la torentelle, tout ce qu'on voulut. Le public criait :

Encore !... Encore !... Mais il demanda grâce.

— Tout à l'heure, dit-il, je vous montrerai la danse au beau mollet, très en usage autrefois, à Trianon, chez Mme de Pompadour ; mais, pour le moment, j'ai besoin d'un peu de repos. »

« *All right !* » consentirent les cowboys.

Et le danseur paraissant en proie à une grande fatigue, s'affala plutôt qu'il ne s'assit devant sa table. Je le regardais en dessous et je vis qu'il préparait un coup de sa façon. Je ne me trompais pas ; car se levant, au bout d'un instant.

« Gentlemen, senores, avant de continuer la séance, je désire, n'ayant pas l'honneur d'être connu de vous, que vous sachiez mon nom.

— Que nous importe ! Danse ! c'est tout ce qu'on te demande.

— C'est que, lorsque vous me connaîtrez, il est probable que vous ne me demanderez plus de danser.

— Tu dis ?...

— Je dis que je m'appelle Cold Colorado, le plus habile tireur du Texas ».

En disant ces mots, le jeune homme brisait d'un coup de revolver, au ras des lèvres, la pipe de l'un des buveurs.

Tout le monde s'était levé.

« Et maintenant, mes beaux seigneurs, dansez à votre tour. Allons là tout de suite. Ne touchez pas à vos revolvers sur la table, je vous en supplie... sans cela... une deuxième pipe à ce moment sauta comme la première. Et en avant ! D'abord, en l'honneur de mon voisin qui est français, j'en suis sûr, la contre danse, la quadrilla... J'ai été en France, cher monsieur. Allons ! le Pantalon, l'Eté, la Poule, la Pastourelle... Et maintenant le Galop ; et vite !... Houp ! Houp ! dehors !... A la porte, tout le monde !... Vous êtes prêts à partir, senores ? Parfait ! mais comme je ne veux plus vous exposer a être ridicules, comme vous venez de l'être, voilà la danse de Mme de Pompadour ».

Et il déchargea, au mollet, à chacun, oh ! de façon à les érafler seulement, son premier, son second revolver et le mien par-dessus le marché.

« *Tender foot* ! » leur cria-t-il en manière de suprême bonsoir.

Nous fûmes bientôt seuls. Tout le cabaret était allé se faire panser autre part.

« Avez-vous vu ces canailles ? me dit-il ; ça nous vient du Mexique. Ah ! c'est un joli monde que celui-là ! Capable de tout ! Vous me connaissez, monsieur, puisque je me suis nommé ».

La vérité m'oblige à dire que je n'avais entendu parler, ni d'Eve, ni d'Adam, de Cold Colorado.

Cependant, je m'inclinai, en disant :

— Comment donc, si je vous connais...

— Eh bien, reprit mon éphèbe, si vous voulez venir avec moi, vous me ferez plaisir, et vous verrez un autre monde qu'ici. Ne jugez pas par moi ; j'ai peut-être été un peu vif, tout à l'heure. Mais que voulez-vous, il y a des moments où la patience vous échappe. Chez nous, nous faisons les choses plus froidement, vous verrez ça, pas plus tard que demain, si vous voulez bien me faire l'honneur de m'accompagner à mon humble cottage, qui n'est pas bien loin d'ici... Et puis j'ai un bon cheval à ma voiture »..

Nous partîmes, et nous arrivâmes dans la nuit au cottage de mon nouvel ami. La maison était pleine de monde ; on l'attendait.

« Eh bien ! qu'a-t-on décidé ? demanda Cold

Colorado, après que nous eûmes pris place devant une table somptueusement servie.

— Cette nuit même, nous nous ferons justice », lui fut-il répondu.

Je pensai et je lui dis :

« La loi de Lynch ?

— Oh ! une *lynchette* à peine. On ne pendra personne et cela vous amusera.

— Mais encore ?...

— Vous verrez » !

Le souper se continua, de plus en plus gai. Il fallait gagner l'heure où l'on pourrait, sans éveiller l'attention des bourgeois endormis, forcer les portes de la prison.

Comme quatre heures sonnaient, nous nous levâmes, et je dus, comme les autres, me barbouiller de noir la figure et les mains.

« Au moins, pas de blague ? répétai-je encore à mon hôte.

— Soyez sans crainte », me répondit-il en riant.

Et nous partîmes pour la prison.

Tout dormait.

« Pan ! pan » !

Et, tout de suite, la hache dans la porte.

Nous venons chercher Tom Zizi, le nègre qui a volé des noix chez la femme du shérif.

— Il vous attendait, répondit gracieusement le guichetier, en se frottant les yeux.

Et il nous laissa entrer.

Tom Zizi s'était réfugié sous son lit. On l'en fit sortir à coups de matraque.

« Ah ! misérable ! cochon. Tu voles les noix à la femme du shérif. Attends, attends, nous allons te faire ton affaire. »

Déjà, les batteries de revolver craquaient de tous côtés.

Je bouillais, j'allais me jeter devant le nègre, le couvrir de ma poitrine, lorsque Colorado me retint !

« Puisque je vous répète que ce n'est qu'une simple plaisanterie », me dit-il.

Dix, vingt, trente mains entraînèrent dehors le voleur de noix.

Il tremblait de tous ses membres, car il croyait que sa dernière heure était venue. Il s'attendait à ce qu'on le menât sous un arbre où on le hisserait à la corde. Au lieu de cela, on le conduisit dans une maison bien close.

Tout le monde s'assit. Les juges, en cercle, avaient l'air d'une troupe de *minstrels* comme on voit dans les *bors-rooms* de New-York. Le président lui adressa quelques paroles de reproches. Puis :

« Tu te crois noir parce que tu es nègre, mais tu ne l'es pas assez pour nous... Bourreau, faites votre office ! »

En un tour de main le pauvre hère fut enlevé de terre et plongé jusqu'au menton dans un baril de goudron.

« Plus bas, plus bas », criait le président.

Et, comme le patient se refusait à mettre sa tête dans le goudron, il tira de sa gaine un grand sabre, en disant :

« Plonge, car je vais écrémer le tonneau. »

Et, en vérité, il écréma le tonneau, en passant trois fois son sabre au ras de ses douves.

Tom Zizi sortit de sa caque dans un état que je ne saurais décrire... Pourvu qu'ils ne lui mettent pas le feu pensais-je, car, en vérité, je croyais mes bourreaux capables de tout. Heureusement, ils se montrèrent relativement doux en l'affaire. Ils conduisirent le nègre dans une pièce voisine, très bien meublée, et garnie surtout d'un lit qui semblait une piscine tant il était vaste.

Ce lit était rempli de plumes. Une poussée et le malheureux y tomba. Il s'y démenait, voulait en sortir, mais, visé au revolver, était obli-

… Plongé jusqu'au menton dans un baril de goudron

gé de s'y rabattre. Il s'y roulait... C'était peine à le voir s'engluer. A chaque bond, volaille humaine, il grossissait. Bientôt, il fit l'effet d'un monstrueux chapon. Les minstrels se tordaient de rire. Et mon Colorado.

« Vous voyez, nous ne sommes pas méchants. »

La troupe conduisit ainsi, entre deux haies de torches, le délinquant sous les fenêtres de Mme la Shérif.

Cette bonne dame riait à se tordre.

Tout le monde l'imitait.

Sauvages va !

L'incident était clos.

Tom Zizi réintégra sa prison. Comment se délivra-t-il de sa couche de goudron et de plumes, je l'ignore, et, du reste je n'ai jamais cherché à m'en informer.

Cold Colorado quitta ses camarades et vint me rejoindre.

— Vous voyez, me dit-il, que nous n'avons pas été bien cruels.

J'hésitai à répondre ; mais il ne m'en laissa d'ailleurs pas le temps.

— Nous aimons nous amuser nous autres, ajouta-t-il, nous nous sommes contentés de lui faire une bonne farce.

Vous appelez cela une bonne farce ? interrogai-je.

— Mais certainement. Et tenez, je vais vous raconter une petite scène héroï-comique qui vous prouvera que nous aimons les divertissements peu banals. Elle vous intéressera sans doute, d'autant plus que le principal personnage n'était autre que le général Grant.

— Grant ? m'écriais-je.

— Oui, celui-là même qui fut Président des Etats-Unis. D'ailleurs, voici le fait :

C'était je crois vers 1876, les cowboys avaient appris que Grant devait se rendre à San-Antonio, capitale du Texas. Ils s'informèrent du train exact qu'il devait prendre, et dans une petite localité, station voisine, ils se massèrent et se dissimulèrent le long de la voie. Quand le train fut proche, un d'entre eux se leva et agita le signal d'arrêt, le mécanicien stoppa et le train s'arrêta. Alors, tous les cowboys se levèrent et enveloppèrent le convoi.

Vous jugez de l'effroi des voyageurs qui crurent à une attaque en règle, mais un délégué s'approcha du chef du train et dit d'une voix forte :

— Vous avez dans un wagon M. Grant ?

— Je l'ignore.

Mais Grant avait entendu prononcer son nom. Il s'avança et dit :

— C'est moi Grant.

On sait que le général était un homme très orgueilleux. Il crut qu'il était l'objet d'une ovation populaire et, comme personne ne lui répondait, il ajouta une seconde fois, je suis le général Grant. Alors, un chef de la bande s'avança :

— Ah ! c'est vous Grant. Nous savions votre passage et nous avons tenu à vous connaître. Vous êtes, paraît-il, un habile politicien, vous savez très bien danser sur une plate-forme électorale. Eh bien ! nous tenons à avoir un aperçu de votre science chorégraphique, nous voulons savoir comment vous danserez sur la plate-forme d'un wagon. Nous vous prions d'exécuter une gigue.

— Mais, c'est une plaisanterie, se récria Grant.

— Pas du tout ! tel est notre bon plaisir.

— Je n'en ferai rien, cria Grant, rouge de colère.

— You please ! continua l'orateur de la troupe.

Et lui mettant sous le nez un revolver de fort calibre, il ajouta avec la plus parfaite courtoisie :

— Que votre Grâce nous fasse l'honneur de nous satisfaire !

L'argument était péremptoire. Grant s'exécuta. Je ne dis pas qu'il le fit de bonne grâce.

— Et voilà comment, ajouta Cold Colorado en guise de réflexion philosophique, après avoir dansé sur le tremplin politique, Grant exécuta une gigue sur la plate-forme d'un wagon pour la plus grande joie des cowboys.

N'oubliez pas de raconter cela en France, sur ce, je vous dis au revoir.

— Je n'en aurai garde, lui répondis-je. Votre commission sera faite.

Nous nous serrâmes la main et nous nous quittâmes. Depuis, nous nous sommes jamais revus.

X

A PROPOS DE DEUX BOUTEILLES DE BIÈRE

La Libre Amérique. — Tartuffes partout. — M. le Shérif. — Les fanatiques de Kansas-City. — L'armée du Salut. — Un coup de whisky. — Nuit agitée. — Les White-Caps. *— Un avertissement salutaire. — Menaces de mort.*

Autres sauvages !

Je me trouvais à Des Moines, dans l'Etat d'Iowa, où je comptais avoir de l'ouvrage, en m'adressant à un compatriote pour lequel j'avais une recommandation.

M. Beauregard me reçut très cordialement et m'offrit de me prendre avec lui, pour remplacer son dessinateur, — il était architecte, — qui venait de le quitter pour entrer dans l'Armée du Salut. J'acceptai avec reconnaissance, et, comme la journée était assez avancée, nous sortîmes pour faire un tour dans la ville.

Oh ! la triste ville ! sombre, morne, à l'aspect désolé ; partout volets clos, un silence de deuil ; des gens à l'abord sévère, au visage renfrogné, qui semblent accablés de puissants remords ; un vent de pénitence dans l'air ; pas d'arbres, pas d'oiseaux. Cela sentait le monastère froid et lugubre, le cloître aux couloirs obscurs. Disons en passant que Des Moines a été fondée par des religieux français d'un ordre dont j'ignore le nom. C'est pour cela du reste que cette ville a été appelée : Des Moines...

Cet aspect sinistre d'une grande cité me serrait le cœur.

Le diner était prêt, nous nous mîmes à table. Monsieur Beauregard s'excusa de n'avoir pas de vin à m'offrir, mais il avait de la bière qu'il se procurait en cachette, car le commerce et l'usage de n'importe quelle liqueur ou même boisson fermentée sont sévèrement prohibées à Des Moines.

« Et ne croyez pas, ajouta mon nouveau patron, que ce soit une simple prohibition d'une ou de plusieurs sociétés de tempérance. Non, c'est l'Etat, c'est la police qui veillent au maintien de la sobriété publique. »

— Eh bien ! et la liberté américaine, si vantée chez nous ?

— La liberté américaine ! Ah ! elle est jolie. On voit que vous avez peu vécu dans les villes, ou même dans les villages. La liberté américaine, c'est d'empêcher les autres d'être libres. La foule est aux mains et à la dévotion des sociétés secrètes et des sociétés anti-secrètes qui couvrent les Etats-Unis. L'une surveille l'autre, et il est rare qu'un Américain ne fasse point partie d'au moins une association plus ou moins mystérieuse. »

M. Beauregard s'interrompit pour déboucher une des deux bouteilles de bière que la servante venait de poser sur la table. A ce moment, un coup de sonnette retentit, et aussitôt un *shérif*, accompagné de deux argousins, fit irruption dans la salle. Le magistrat fut, d'ailleurs, très poli :

« Cher monsieur, il y a longtemps que vous étiez signalé pour vous livrer aux liqueurs fortes. Je vous prends sur le fait, et, à mon grand regret, je suis obligé de saisir ces deux bouteilles et de vous dresser procès-verbal. Vous connaissez la loi, et vous savez à quoi vous vous exposez en cas de récidive. »

— Hein ! que pensez-vous de cela ? me dit mon hôte, quand le shérif fut parti avec ses deux assesseurs et nos deux bouteilles.

— Je pense... que je n'en reviens pas.

— C'est la bonne qui nous aura vendus, je ne la croyais pas si tempérante que cela, car je l'ai trouvée souvent ivre dans l'escalier. Bah ! autant elle qu'une autre, qui serait de même. Allons! Maud, faites-nous du thé ! Oh ! le thé, je ne puis plus le voir en face ; je boirais de tout plutôt que du thé : je boirais du café d'ici, qui est une affreuse décoction de pois grillés ; je boirais de notre eau de la rivière Des Moines, qui est pestilentielle ; je boirais une pinte de sang, comme les fanatiques de Kansas-City.

— Une secte encore ?

— Oui, et l'une des plus étranges. Elle a été imaginée par un aventurier nommé Silax-Vilcox, lequel, ayant été frappé par ce passage de la Bible, « Le sang, c'est la vie », ordonne à ses partisans de boire du sang humain pour se garer de toutes les maladies. Pour la morale, de l'association, ses membres, qui s'intitulent les *Buveurs de sang*, sont tenus avant tout, « de faire du bien aux malades », c'est-à-dire de les abreuver de leur sang. Inutile de vous signaler les abus auxquels a donné lieu cette doctrine odieuse, sur les bords de la rivière Bleue. Oh ! que de sectes j'aurais encore à vous nommer. Ici elles foisonnent, plus que partout ailleurs. Et tenez, en voilà une qui fait, du reste, parler d'elle dans le monde entier ! Elle n'est pas méchante, il est vrai, mais elle est bruyante. C'est mon ancien commis qui vient me donner une aubade. Je m'y attendais. Ah ! je dois être bien coté chez les salutistes ! »

C'était, en effet, l'Armée du Salut qui venait régaler M. Beauregard d'un concert en plein vent. La rue en était toute rouge. Les cuivres brillaient que c'en était une bénédiction. Et la batterie, comme on dit en termes d'orchestre, faisait rage : grosse caisse, tambour, cimbales, triangle déchiraient l'air. Mon hôte en était assourdi ; il ouvrit la fenêtre et dit à son ex-employé, qui était au premier rang, entre deux capitaines :

« Monsieur Louveau, je me repens de tout mon cœur d'avoir été trop bon pour vous. Vous pouvez cependant m'inscrire à votre caisse, pour trois dollars par mois. Et maintenant, monsieur Louveau, accordez-moi la paix ! »

La batterie redoubla, sur cette bonne parole ; mais elle finit pas se taire, et nous pûmes nous croire à l'abri de toute autre agression harmonique. Erreur ! à peine M. Beauregard avait-il fermé la fenêtre que, soudain, entre, je ne sais comment, un essaim de petites salutistes.

Elles étaient coiffées du chapeau de paille légendaire, et portant en écharpe le cordon rouge. L'une d'elles commença un *speech* auquel, heureusement, je ne compris rien ; puis ce furent des cantiques à n'en plus finir. Décidément, nous étions de grands pêcheurs.

Quand elles furent parties, mon hôte était inanimé. Maud, sa bonne, en fut effrayée. Elle lui tapa dans la main, lui jeta du thé dans la figure, et, finalement, se précipita dans la cuisine, d'où elle revint avec une bouteille de wisky.

« Que voulez-vous, me dit-elle, il faut bien avoir un peu de pharmacie chez soi ! »

Et, emplissant trois verres, — et de vrais verres ! — elle fit revenir à la vie M. Beauregard ; puis nous bûmes si bien que nous n'étions pas encore couchés à 10 heures, alors que tout le monde se couche à 9 heures à Des Moines.

Mais aussi quel réveil !

Dans la nuit, comme nous dormions d'un juste sommeil, tout à coup :

Pan ! pan !... Pan ! pan !... Pan !

« Bon Dieu ! qu'est-ce qu'il y a encore ? » grommela, dans un rêve interrompu, l'architecte.

Il ouvrit sa fenêtre et, aussitôt, une horde de sauvages se répandit dans la maison.

« Malédiction ! Les *White-Caps*, les *Chapeaux-Blancs* ! il ne manquait plus que ça ! »

Ces gens paraissaient très corrects, cependant quoique leur manière d'entrer dans les maisons laissât à désirer. Celui qui paraissait leur chef invita tout d'abord M. Beauregard à se vêtir pour qu'on pût s'entretenir convenablement. Puis il lui dit qu'il avait été informé de la visite du *Shérif* et de la découverte des bouteilles de bière chez lui, M. Beauregard. Le Shérif n'avait cru devoir fouiller la maison, mais les *White-Caps* ne connaissaient pas ces scrupules. Ils avaient le devoir, l'obligation religieuse de fouiller, à toute heure du jour et de la nuit, toute demeure suspecte. Dieu, les Etats Des

Moines, leur donnaient à ce sujet carte blanche ; et ils en usaient pour l'honneur et le bonheur de l'humanité.

Nous écoutions absolument abrutis.

On entendit des roulements en bas. C'étaient les tonnelets que les sectaires sortaient de la cave. Un compagnon apporta triomphalement la bouteille presque vide, de whisky... Pour lors nous étions bien cotés.

Le chef des White-Caps remit son chapeau blanc qui le faisait ressembler à un clown, et, fermant volets et fenêtres, il se retira dignement, en disant :

« *Good by !* mister Bicuregarde ; biouvez moins. »

Quand nous fûmes seuls, nous nous regardâmes.

« Maud ! du thé ! » hurla mon hôte.

Mais Maud, affalée dans l'escalier, son dortoir habituel, ne répondit que par un grognement farouche.

Nous nous recouchâmes ; et ma foi sans souci de toutes les sociétés généreuses du Nouveau-Monde. Nous dormîmes jusqu'au lendemain assez tard.

Quand, le lendemain, mon patron vint me réveiller, il paraissait absolument navré.

« Voilà le comble, me dit-il, en me tendant une pancarte.

— Qu'est-ce que cela ?

— C'est un avertissement de ces messieurs les voleurs de bière. Je viens de la trouver collée à ma porte, comme vous pouvez voir, les pains à acheter sont encore tout frais. »

Elle était sinistre cette pancarte. Au haut, une tête de mort ; au-dessous, deux tibias en croix, puis ces mots :

Si vous ne vous reformez pas,
D'ici quinze jours
Vous sortirez de la ville
Ou vous serez mort
Et si vous revenez,
Vous serez pendu.

WHITE CAP.

Mon hôte me prit la main.

« Hein ! que pensez-vous de cela ? Ma journée a été complète, et ma nuit aussi. Récapitulons. Le matin, le *Shérif*. Ensuite M. Louveau. Puis les petites salutistes. Après les *Chapeaux-Blancs*. Et, pour combler la mesure, la pancarte à la tête de mort.

« Eh bien, mon cher ami, je vous déclare que j'en ai assez. Je n'y tiens plus, et je m'en vais... Si vous avez des commissions pour Paris, je prends le train ce soir. »

Je n'avais aucune commission pour Paris, j'avais encore moins envie de rester à Des Moines, et je partis le soir aussi, mais à côté du train, suivant ma constante habitude.

XI

UNE PAGE D'HISTOIRE (1)

Pourquoi Gallot préfère marcher. — Une raison de premier ordre. — La ville de St-Joseph. — Ses origines. — Sa fondation. — Une lettre. — Document d'histoire.

Il faut dire que Gallot a toujours eu une raison majeure de prendre rarement le train. Ne croyez pas que c'est parce qu'il est un marcheur intrépide et audacieux qu'il néglige les autres moyens de locomotion. Non ! Ce n'est pas là le motif vrai.

Gallot est surtout un curieux, un chercheur, ce qu'on appelle à Paris un fouinard. Il faut, quand il va dans un endroit quelconque qu'il se rende compte des origines, des mœurs, des us et coutumes des habitants. C'est ce qui lui a permis de faire quelques trouvailles heureuses de nature non seulement à intéresser ses lecteurs, mais encore et surtout de servir de

---

(1) Ce chapitre a été intercalé par moi et écrit par un ami. (*Note de l'Auteur.*)

document à l'histoire des lieux qu'il a traversés en touriste que rien n'émeut, n'étonne, n'arrête.

Si de Des Moines il fut parti emporté par un train quelconque, il eut traversé des sites, des localités qu'il n'eût pu voir à son aise, ni admirer, ni apprécier, et certes cela n'eût pas fait son compte.

Ce dévoreur de kilomètres, en quittant Des Moines, se rendit à titre de modeste promenade à St-Joseph, ville éloignée environ de cinquante à soixante kilomètres de la précédente ; en 1890, St-Joseph comptait 80.000 habitants et qui doit aujourd'hui en posséder un tiers de plus, c'est-à-dire environ 120.000, si ce n'est 150. St-Joseph serait en Europe une grande ville, dont la nation à laquelle elle appartiendrait serait fière et qui ne rappelle en rien ses origines modestes. Son fondateur fut un nommé Joseph Robidoux qui la créa il y a soixante ans seulement. Mais n'anticipons pas.

C'est une ville grande, aux rues superbes, aux places et aux avenues magnifiques, sillonnées de voitures, de tramways électriques, aux maisons admirablement construites, d'après toutes les règles de l'hygiène et du confort modernes. Elle possède des monuments remarquables, de nombreuses églises, une catholique française, des temples protestants, un palais de justice et surtout la Banque toute construite en marbre de différentes couleurs... etc., etc.

Admirateur passionné des belles cités, Gallot s'enthousiasma de cette ville surgie du sol, comme sous la puissance magique de la baguette d'une sublime fée. Il voulut en connaître la création et s'adressa pour cela à un ami qui avait été en relations intimes avec Joseph Robidoux, le véritable inventeur de St-Joseph, à laquelle il donna le nom du saint son patron.

L'ami en question lui répondit par une lettre que nous croyons devoir reproduire dans toute sa simple naïveté. C'est une vraie page d'histoire ; un document que tout commentaire ne pourrait que déflorer. La voici donc :

Saint-Joseph-du-Missouri,
30 Décembre 1890.

Mon cher Monsieur Gallot,

J'ai l'honneur de vous écrire à l'occasion de la nouvelle année. Je commence donc par vous souhaiter toutes sortes de prospérités et le bonheur que vous méritez après vos nombreux travaux et vos laborieux efforts.

Ce premier devoir accompli, je réponds à votre dernière lettre.

Vous me demandez l'histoire de Joseph Robidoux, le fondateur de notre ville. Ce fut un de mes bons amis. Je l'ai connu personnellement et très intimement

Nous fréquentions assidûment l'un chez l'autre et son commerce était des plus agréables.

C'était un bel et bon homme. De grande taille et d'une force peu commune, il était aussi doux que robuste et vaillant.

Joseph Robidoux est né à St-Louis de parents français. Tout jeune, il commença la traite des fourrures en compagnie des Indiens de la tribu des Choteaux qui le prirent en grande affection et lui facilitèrent ses débuts.

Plus tard, il entreprit le commerce pour son compte et fixa son chandy, c'est-à-dire son habitation à l'endroit où s'élève aujourd'hui St-Joseph ; appelé dans ce temps par les Indiens *Black snok hul.*

Il acheta tout le terrain où se trouve aujourd'hui la place actuelle de la ville, il y a de cela cinquante-deux ans. Il monta un magasin de Groceries (épicerie-droguerie). Son installation achevée et sa fortune assise, il se maria.

Il y a soixante-quatorze ans, il avait dix-sept enfants, dont les premières rues portent les noms. En même temps que la famille de Joseph Robidoux s'accroissait, la ville grandissait et se développait proportionnellement.

Le nombre des rues augmenta. Les noms des petits-fils de Joseph Robidoux complétèrent le nom des rues. C'était bien la ville à Robidoux. Elle prospéra tant et si bien qu'elle compte aujourd'hui quatre-vingt mille habitants et tous les jours elle prend une plus grande extension.

— C'est la plus jolie ville des Etats-Unis ! dit le président Harrisson qui est venu nous voir et la visiter en détail.

Robidoux était très généreux. Il aimait à obliger tout le monde. Aussi est-il mort relativement pauvre. Il laissait après lui une nombreuse postérité. Quatre-vingts enfants tant sauvages que blancs de fils blancs ou indiens. Actuellement, il n'en reste qu'un, chef des Indiens Potomis, qui ont leur réserve dans le Kansas, il a environ quatre-vingt-cinq ans.

Le vieux Robidoux est mort il y a 16 ans. Il était âgé de quatre-vingt-sept ans sans avoir été malade. Et cependant, c'était un grand fumeur et un buveur de première force qui a, durant son existence, vidé pas mal de bouteilles de whisky.

Toute la ville était en deuil et la population entière assistait à ses funérailles. Elles furent simples, mais malgré tout grandioses et imposantes. Quand la dernière pelletée de terre eut comblé la fosse de Joseph Robidoux, un grand cri éclata du sein de la multitude :

— Adieu ! Père ! Adieu !

Ce fut tout. La foule recueillie s'écoula lentement et bientôt la ville reprit son aspect normal.

Joseph Robidoux est mort, mais dans la superbe cité qu'il a fondée, son souvenir demeurera impérissable.

Voilà, mon cher ami, les renseignements que vous m'avez demandés. Je termine en vous souhaitant une bonne santé et un porte-monnaie bien garni.

Il doit faire bien froid au Manitoba. Il n'a pas encore gelé ici.

Tous les amis français me chargent de les rappeler à votre bon souvenir et vous envoient un cordial bonjour.

Salut et fraternité.

François Marchand

XII

ADIEUX A L'AMÉRIQUE

***Illusions** perdues. — Sac à farine, **sac à charbon.** — Chez les Sauteux. — La veillée de M. Mac Corthy. — Montréal. — Le Canadien. — Le palais de glace. — La montagne embrasée. — Une cascade de flammes. — Le monde renversé. — Le bon M. Bonneau. — Une course qui me coûte cher. — **Mes prisons.** — En route pour la France.*

En quittant la réserve des Pieds-Noirs, j'avais dans mon cœur le deuil de l'être excellent, qu'était Natos-Apiw, hâté le pas pour regagner Winnipeg, où je comptais, avec César Napoléon, remettre nos affaires en ordre, grâce à d'autres arrivages de fourrures.

Mais, quand je parvins à notre factorerie, elle n'existait plus ; César y avait mis le feu, et s'était esquivé avec notre argent. Un vrai tour de métis.

J'étais sans le sou.

Que faire ?

Je repris mon bâton de voyageur, je partis pour Montréal, qui est à 1.424 milles soit 600 lieues françaises de Winnipeg. Je le fis à peu près entièrement à pied, car mes velleités de chemin de fer ne me réussirent pas en ce voyage. J'étais monté, à Winnipeg même, dans un wagon, où je m'étais faufilé. Mais, à la première station, à Selkirk, je fus découvert et forcé de descendre, à la grande joie d'un groupe de femmes indiennes qui se trouvaient là et qui me criaient en me faisant la nique : « Moque ; moque. »

Une autre fois, le train stoppa, en pleine campagne, pour me laisser descendre. C'était près de Keevateen, où je travaillai pendant quelque temps dans une scierie. Enfin, un autre jour, je fis quelques milles dans un wagon à farine, d'où je passai dans une voiture à charbon. On a beau être marcheur, on aime à se donner ses aises à l'occasion ?

Près de Port-Arthur, je rencontrai une tribu de Sauteurs, chez lesquels je goûtai encore une fois les charmes de la vie indienne. Ces gens étaient primitifs ; les femmes mâchaient de la viande avant de la faire cuire ; mais bah ! en voyage, il ne faut pas être trop difficile. Un soir, je frappai aux contre-vents d'une maison isolée, pleine de lumière, et où l'on entendait beaucoup de bruit. L'hospitalité que je demandais me fut accordée de la meilleure grâce ; mais quelle ne fut pas ma surprise en découvrant la cause de cet éclairage et de ce vacarme. Le maître du logis, un Irlandais, était mort dans la journée, et ses proches le veillaient, mais d'une singulière façon. Ils s'approchaient de lui, le secouaient et disaient :

« Allons, mon vieux Mac Corthy, sois raisonnable, il faut prendre des forces pour le grand voyage »... et ils s'efforçaient de lui ingurgiter un verre de whisky et à le faire fumer.

Chaque jour, chaque soir amenait ainsi son étude de mœurs, et c'est à coups d'étapes, d'un imprévu tout à fait pittoresque, que je gagnai Montréal où, lorsque j'arrivai, tout était en fête. Il s'agissait de l'inauguration du Palais de glace que les habitants construisent, chaque année, sur la place Dominion, l'une des plus belles de la ville, située au bas du parc de la montagne (Mountain Park).

J'avais une lettre de recommandation pour un compatriote qui me promit de me procurer du travail ; mais, pour le moment, il ne fallait pas y songer, on ne pensait qu'à la fête. Nous sortîmes donc, et mon hôte me fit visiter la ville, qui est, à coup sûr, la plus monumentale et la plus riche d'aspect de l'Amérique du Nord.

Chemin faisant, il me parla des Canadiens, parmi lesquels j'allais vivre, puisque le patron auquel il devait me présenter était canadien pur sang, c'est-à-dire d'origine française.

Le Canadien, me dit-il, est, en général, très hospitalier, prêt à rendre service à quiconque se trouve dans le malheur. Il partagera son repas et son lit avec quiconque frappera à sa porte. Si c'est un Franzas, comme on dit ici, sa joie sera double, et tous ses amis seront conviés à jouir de votre Société... ils vous inviteront à leur tour, et partout, on vous écoutera et on vous fera chanter, car ils trouvent que les Franzas chantent bien. Et puis commenceront les questions, souvent bien naïves. Paris est-il en France ? Y va-t-on à pied ou en chemin de fer ? Y parle-t-on encore de Napoléon Ier ?

« Mais je dois le dire, tous les Canadiens ne sont pas ainsi. Chez beaucoup, l'orgueil de race et le fanatisme religieux font taire les bons sentiments. Ils se croient les vrais Français, les seuls Français sur la Terre et nous considèrent comme des Français dégénérés. Du reste, vous les connaissez, puisque vous avez vécu dans le pays ; mais en les voyant de plus près, vous les jugerez mieux. »

Nous visitâmes aussi les parcs, qui sont la grande curiosité de Montréal.

Puis, après le dîner, nous nous rendîmes à la fête. A huit heures, le canon tonne ; et, à ce signal, le haut de la montagne s'éclaire, s'embrase.

« C'est magnifique ! m'écriais-je.

— Attendez, attendez un peu, me dit mon compagnon. Ceci n'est rien ! »

Un second coup de canon ! et aussitôt une avalanche de feu se précipite du haut de la montagne, laissant derrière elle une traînée de pièces d'artifices et de flammes de Bengale. Qu'est-ce que cette avalanche, cette trombe de flamme ? Le croirait-on ? Ce sont quatre ou cinq mille trappeurs, vêtus de costumes aux couleurs éclatantes, qui, torche en main, et raquettes aux pieds, se laissent glisser avec une rapidité vertigineuse, au flanc de la montagne. Tout prend feu sur leur passage. Ils arrivent comme un ouragan. On a la sensation de la forêt, de la prairie qui brûle. Maintenant, ils sont sur place, et alors le Palais de glace s'illumine, s'irise, s'apothéose en quelque chose de féerique, d'inouï. Il prend feu lui-même, ou, du moins, il paraît en feu. Des tons rouges l'embrasent à l'intérieur ; des flammes sortent par ses embrasures ; de son faîte, un bouquet de mille fusées jaillit avec un bruit de tonnerre. De quelque côté qu'on tourne son regard, on ne voit que du feu. C'est la scène de l'incatation des païens. On s'étonne de ne pas brûler soi-même, torche vivante. On ferme, sous l'empire

Quatre ou cinq mille trappeurs une torche à la main

d'une volonté supérieure, ses yeux éblouis, calcinés.

... Et, quand on les rouvre, tout ce qui était rouge est devenu blanc. Des milliers de ballons électriques couvrent le paysage d'une lueur de pleine lune. La montagne a l'aspect d'un pic extrême des Alpes, la place luit comme une mer hantée par les fées, et le palais, vraie maison de verre dépoli, semble, avec ses arabesques en lumière d'or et de couleur, un gigantesque reliquaire, étincelant d'émeraudes, de saphirs et de rubis.

Je ne pouvais me détacher de ce spectacle. Il y avait bal au Palais de glace, et mon hôte voulait m'y entraîner ; mais je refusais, voulant rester sous l'impression de ce que je venais de voir.

« Allons, me dit notre compatriote, vous êtes content ! Eh bien ! si vous étiez venu l'année dernière, c'était encore plus beau. On fêtait alors l'année bissextile comme on le fait tous les quatre ans, d'un bout à l'autre du Canada. C'est, je n'ai pas besoin de vous le dire, le 29 février, qu'on a choisi pour ces réjouissances nationales. Ce jour-là, ce sont les dames qui gouvernent. Elles ont pris soin de l'organisation de tous les divertissements. Elles font, seules, les invitations pour les bals, festins, parties de plaisir, etc. Pour se parer, rien ne leur semble trop beau.. Mais, hélas ! leur règne est court, car, à minuit sonnant, heure militaire, les rôles changent. Les dames font une grande révérence à leurs maris, et remettent en leurs mains leur pouvoir éphémère...

« Elles ont régné un jour. Mais, rassurez-vous : le reste de l'année leur appartient, et plus encore que le 29 février. Car, en somme, les Canadiennes sont les femmes les mieux partagées sous le rapport de ce qu'on est convenu d'appeler les droits politiques. Dans toute élection, elles sont admises à voter, et au moins la moitié d'entre elles tiennent à honneur de déposer leurs bulletins de vote dans une urne spéciale, placée à cet effet sur le bureau... Il est vrai qu'après le dépouillement, la nullité de leurs votes est solennellement prononcée... En tout cas, elles ont manifesté leur opinion, et cela leur suffit, pour l'instant du moins. »

Nous rentrâmes donc, et la soirée se termina en présence de deux bouteilles de bière. Je racontai à mon hôte ce qui m'était arrivé à Des Moines. Il hocha la tête et me dit :

« Ici, vous n'avez pas à craindre qu'on vienne vous confisquer vos canettes. Mais quant à être libre, comme vous paraissez le croire... Oh ! ça c'est autre chose ! »

Il me souhaita le bonsoir sur ce mot, et nous allâmes nous coucher.

Le lendemain, il me menait chez un brave homme de cordonnier, qui tenait une petite usine. Je n'avais jamais fait de chaussures, mais je savais la comptabilité, et j'entrai chez lui en qualité de comptable. Avec quelques travaux en dehors, je vécus fort convenablement, et je pus même mettre quelque chose de côté. Ce me fut d'un grand secours, car voilà ce qui m'arriva :

M. Bonneau, mon patron, m'avait pris en grande affection, et il saisissait toutes les occasions de me la témoigner. Sa femme étant toujours fourrée dans les réunions publiques, il m'invitait presque tous les jours à sa table soit pour déjeuner, soit pour dîner. Nous restions ensuite à causer ensemble. En somme, nous étions les meilleurs amis du monde.

Or, voilà qu'un jour, m'étant absenté sans prévenir, pour faire une course, je trouvai à mon retour, au bout d'une demi-heure à peime, deux détectives, c'est-à-dire deux agents de police installés dans mon bureau.

Ils me demandèrent mon nom, et me prièrent de les suivre chez le juge.

Je tombai des nues, et j'appelai :

« M. Bonneau. »

M. Bonneau apparut.

« Mais, au nom du ciel, que signifie cela ?

— Mon bon ami, c'est bien simple. Vous vous êtes absenté : vous m'avez donc volé mon temps. C'est tout comme si vous m'aviez pris dans ma caisse l'argent d'une demi-heure de votre temps.

— Eh bien ! vous ne me paierez pas les vingt malheureux sous que représente cette demi-heure ; voilà tout !

— Impossible ! Nos lois et nos habitudes sont formelles et nous ne transigeons ni avec les unes, ni avec les autres. »

Tout cela était dit d'un ton paternel, affectueux, presque tendre.

Ce qui n'empêcha pas que je fus bel et bien condamné à huit jours de prison.

Fort agréable prison, d'ailleurs, où Bonneau m'envoyait du vin et des sandwichs. Mais, enfin, c'était la prison. Aussi, en sortant, au bout de la semaine, de ma cellule, mon premier mouvement, en saluant l'aurore de la Liberté, fut-il de lancer, en *a parte*, un juron aussi involontaire que bénin.

Il fut pourtant trouvé séditieux, car un agent de police, qui l'avait entendu, me pria-t-il poliment de l'accompagner chez le shérif.

— Monsieur, me dit ce magistrat, vous êtes étranger, et vous ignorez sans doute qu'il est défendu de jurer dans la rue. C'est un délit qui, indépendamment des peines qui l'attendent dans un monde meilleur, valent à son auteur une condamnation, sur cette terre, à huit jours de prison.

— Mais, j'en sors.

— Eh bien, rentrez-y.

Et voilà comment je goûtai, quinze jours au lieu de huit, les douceurs de la vie pénitentiaire à Montréal.

Quand je repartis au bout de ce temps, je n'eus garde de sacrer, même par les noms inoffensifs d'un chien ou d'un rat. De même, je remerciai bien gentiment M. Bonneau, qui était venu me chercher, de ses bontés pour moi et l'assurai que je ne le volerai plus, attendu que mon intention était de rentrer en France, où le temps ne se paie pas aux dépens de l'honneur et de la dignité humaine.

J'avais, en effet, pris cette résolution pendant ma seconde semaine de captivité. Je possédai, comme je l'ai dit, un petit pécule, et je retins ma place sur le premier steamer en partance, en me promettant bien de mettre toujours l'Océan entre l'Amérique et moi.

Serment de voyageur, — pire que le serment d'ivrogne ! Le dirai-je ? Le jour même où je m'embarquai à Québec, je me sentis le cœur tout gros. Je me rappelai avec émotion l'époque où j'avais débarqué sur la rive Américaine. J'y avais été bien accueilli ; et depuis, à travers mille vicissitudes, aucune porte ne s'était jamais fermée devant moi. Pendant la traversée, souvent, dans mes rêveries, la brise saline me semblait venir des grands bois, des grandes prairies et murmurer à mon oreille :

— Au revoir !

Et je revis l'Amérique, dans des conditions souvent identiques à celles qui avaient marqué mon premier voyage, mais avec quelques péripéties nouvelles, propres à intéresser mes lecteurs.

J'y reviendrai plus tard. Pour l'instant, j'en avais assez, de l'Amérique ; d'autre part, j'avais soif de toucher encore le sol français et de revoir la terre natale.

Le jour où je m'embarquai pour venir définitivement en France, j'avais couvert le joli record de 145.175 kilomètres, accompli en 87.600 heures.

FIN DE LA PREMIÈRE PARTIE

TABLE DES MATIÈRES

Grande Imprimerie de Troyes, 126, rue Thiers

EXTRAIT DU CATALOGUE

ROMANS D'AVENTURES

515 516 **W. de Fonvielle.** — Aventures d'un chercheur d'or au Klondike...... 2 v.
517 **Edgar Poë.** — Aventures extraordinaires d'Arthur Gordon Pym.................. 1 v.
518 519 — Contes extraordinaires............ 2 v.
520 **Henri Renou.** — Mystères du Grand Chaco.... 1 v.
521 — L'Or du Gambusino.......... 1 v.
522 **Bret-Harte.** — Prisonniers des neiges.......... 1 v.
523 **J. Monti.** — Quand j'étais Bandit.............. 1 v.
524 **A. Beul.** — Mes Aventures à bord et à terre.... 1 v.
G. Guitton-Lerouge. — *La Princesse des airs :*
525 En Ballon dirigeable............................ 1 v.
526 Les Robinsons de l'Hymalaya................ 1 v.
527 De Roc en Roc.................................. 1 v.
528 Chez les Bouddhas.............................. 1 v.
W. de Fonvielle. — *Les Aéronautes Français au Transvaal :*
529 En plein ciel...................................... 1 v.
530 Autour du lac Tchad........................... 1 v.
531 Chez les Boers.................................. 1 v.
Guy-Brand. — *Le Cavalier sans tête :*
532 Maurice le Mustanger......................... 1 v.
533 Lora la Comanche.............................. 1 v.
534 La Précaution fatale.......................... 1 v.
535 L'Héritage du Flibustier...................... 1 v.
541 **H. Rainaldy.** — Les Aventures d'une Mousmé. 1 v.
542 — Les Mystères de Séoul......... 1 v.
543 544 **L. Greiner.** — La Guerre Russo-Japonaise. 2 v.
546 **Gaston Rayssac.** — Les Pirates Océaniens...... 1 v.
547 — Le Trésor des Incas.......... 1 v.
548 — Les Libertadores............ 1 v.
549 **Noël Amaudru.** — Deborah......................... 1 v.
550 **H. de Graffigny.** — Aventures d'un Aéronaute.. 1 v.
551 — Dix mille kilomètres en ballon. 1 v.
Hector France. — *Un Parisien en Sibérie :*
552 Le Tueur de Cosaques.......................... 1 v.

Chez tous les libraires : 0 fr. 20 — Franco-poste : 0 fr. 25

EXTRAIT DU CATALOGUE

ROMANS DIVERS

	71	Stephen Lemonnier. — A travers le Bonheur	1 v.
	78	Vincent Huet. — La Vierge des Beni-Amer.	1 v.
79	80	M. Audouin. — Le Fiacre sanglant........	2 v.
81	82	Millanvoye et Etiévant. — La belle Espionne	2 v.
83	84	H. Le Verdier. — La Faute d'Aimée........	2 v.
	85	Paul Vernier. — Stepann le Nihiliste......	1 v.
86	87	— La Vengeance du Bâtard..	2 v.
	88	H. Buffenoir. — Le député Ronquerolle....	1 v.
89	90	G. Dujarric et B. Guyot. — Amours de Prince	2 v.
91	92	Louis de Vaultier. — M'amour..............	2 v.
	93	H. Le Verdier. — L'Enjôleuse..............	1 v.
94	95	Th. Cahu. — Le Roman d'une grande dame	2 v.
96	97	— La Maîtresse du notaire........	2 v.
98	99	— Madame et Monsieur........	2 v.
100	101	D. Riche. — L'article 340..................	2 v.
	102	Joseph Montet. — L'amour tragique.......	1 v.
	103	H. Buffenoir. — Le Roman de sœur Marie..	1 v.
	104	G. Cane. — Le crime de Clamart...........	1 v.
105	106	L. Lafargue. — Luttes d'amour.............	2 v.
107	108	E. Ducret. — Chignon d'or..................	2 v.
	109	P. Grendel. — Le Roman d'une fille du peuple	1 v.
	110	— Le Roman d'une libre-penseuse	1 v.
111	112	A. Dubuc. — Le Crime du cours St-Vincent	2 v.
113	114	Chincholle. — Le Crime du garçon coiffeur.	2 v.
	115	A. et S. Lemonnier. — Une Mère d'actrice.	1 v.
116	117	Vincent Huet. — Les Bandits algériens....	2 v.
118	119	Théodore Cahu. — Une Duchesse amoureuse	2 v.
	120	Ch. Bérard. — Mariage de l'Abbé Violette..	1 v.
	121	André Valdès. — La Vengeance de Lélia...	1 v.
	122	P. Grendel. — Ma mie Georgette............	1 v.
		Vincent Huet. — *Aux Chasseurs d'Afrique :*	
	123	Pepita......................	1 v.
	124	La Patriote d'amour........	1 v.
	125	— Un Fakir Arabe..............	1 v.
	126	P. Grendel. — Le Journal d'une Jeune Fille.	1 v.
	127	Etiévant. — Martyre du Cœur..............	1 v.
		A. Baratier. — *Le Trésor de Barbiche :*	
	128	Devant l'Ennemi........................	1 v.
	129	Tragique Idylle.........................	1 v.
	130	L'Or Allemand..........................	1 v.

Chez tous les libraires ; 0 fr. 20 — Franco-poste : 0 fr. 25

EXTRAIT DU CATALOGUE

MANUELS UTILES

701 702 M. Decrespe. — *Electricité*, applications domestiques et industrielles.......... 2 v.
703 H. de Graffigny. — Le jeune Electricien amateur 1 v.
704 L. Tranchant. — Manuel du Photogr. amateur.. 1 v.
705 H. de Graffigny. — Manuel du Cycliste........ 1 v.
706 Audran. — Traité de danse. — Cotillon........ 1 v.
707 — Traité de politesse. — Les Usages et le Savoir-vivre................. 1 v.
708 M. Decrespe. — Le petit Cycliste amateur...... 1 v.
709 Pierre Deloche. — Traité de pêche à la ligne... 1 v.
710 Madame X... — Cuisinière des petits ménages.. 1 v.
711 E. Ducret. — Pâtissière des petits ménages.... 1 v.
712 — Boissons et Liqueurs économiques des petits ménages.......... 1 v.
713 — Recettes économiques des petits ménages..................... 1 v.
714 L. Tranchant. — Le petit Jardinier amateur... 1 v.
715 A. Ducos du Hauron. — Photographie des couleurs 1 v.
716 E. Ducret. — Le Secrétaire enfantin........... 1 v.
717 — Le Secrétaire des Cœurs aimants.. 1 v.
718 — Le Secrétaire pour tous.......... 1 v.
719 G. Albert. — Manuel du Pâtissier-Biscuitier... 1 v.
720 E. Ducret. — Manuel complet de Cuisine...... 1 v.
721 J. Quillon. — Manuel de Gymnastique........ 1 v.
722 H. de Graffigny. — Manuel pratique du Conducteur d'Automobiles..................... 1 v.
723 Ch. Lafont. — Le Livre d'or des Ménages...... 1 v.

Chez tous les libraires : 0 fr. 20 — Franco-poste : 0 fr. 25

www.ingramcontent.com/pod-product-compliance
Ingram Content Group UK Ltd.
Pitfield, Milton Keynes, MK11 3LW, UK
UKHW020344230726
13925UKWH00003B/960